Slata Roschal, geboren 1992 in Sankt Petersburg, ist eine deutsche Schriftstellerin und Literaturwissenschaftlerin. Für ihr literarisches Schaffen erhielt sie zahlreiche Stipendien und Preise, darunter den Literaturpreis Mecklenburg-Vorpommern und das Arbeitsstipendium des Freistaates Bayern. Bereits erschienen sind ihre Lyrikbände *Wir verzichten auf das gelobte Land* (Reinecke & Voß, 2019) und *Wir tauschen Ansichten und Ängste wie weiche warme Tiere aus* (Hochroth Verlag, 2021). Sie promovierte an der LMU München in der Slawistik. *153 Formen des Nichtseins* ist ihr Romandebüt und nominiert für den Deutschen Buchpreis 2022.

slata roschal

153 formen des nichtseins

Uckermark-Festival,

9.9.2023

homunculus verlag

1.

Eine alte Frau mit blondierten Haaren und pink geschminkten Lippen steht vor dem Obststand im Einkaufscenter. Sie betastet die vor ihr liegenden Melonen und fragt die Verkäuferin:

Сколько стоят дыни?

Die Verkäuferin bemerkt nicht, dass die Frage an sie gerichtet ist. Die alte Frau wiederholt langsamer: Skol'ko stojat dyni?

Die Verkäuferin sortiert weiter Zitronen.

Die alte Frau spricht noch langsamer und deutlicher: Skol'-ko sto-jat dy-ni?

Als sie keine Antwort bekommt, lässt sie die Melonen sein und geht weiter.

2.

Ich war achtzehn, er war vierzig. Er war zur Hälfte Russe, zur Hälfte Armenier, und mochte es nicht, darüber zu reden. Trotz seines starken Akzents sprach er gern Deutsch, er nannte sich nicht Georgij, sondern Georg. Wenn ich Armenisch brauchen würde, dann würde ich auch Armenisch sprechen, sagte er. Er war ein richtiger Mann, stark, potent, mit allen dazugehörigen Attributen, einem großen Mercedes und einer behaarten tätowierten Brust. Er roch nach Leder, Zigaretten und Parfüm, trug massivgoldene Ringe und er wusste genau, worin sich Frauen und Männer voneinander unterschieden. Ich stellte ihm selten Fragen, aber er wusste viel über mich, ich hatte ja auch nichts zu verbergen. Warum bist du nicht zu Hause um diese Zeit, fragte er am Telefon, und glaubte mir nicht, dass ich samstags immer Oma und Opa besuchte. Bist du eine Nutte, fragte er, als ich mit einer grellroten Handtasche auf einem Parkplatz auf ihn wartete.

Einmal zog ich mir ein neues Kleid an, um darin eine Stunde lang in seinem Auto zu sitzen, er lobte das Kleid, verlangte dann aber, dass ich mir nächstes Mal etwas Einfacheres anziehen solle. Wir trafen uns im Hotel, im Auto, im Park, und ich verlangte nichts von ihm dafür, also war ich keine Nutte. Er verlangte von mir, kein Parfüm zu benutzen und bei unseren Treffen genau seinen Anweisungen zu folgen, Zeit und Ort bestimmte er. Irgendwann erklärte er, dass er mit einer Frau zusammenwohne und ein kleines Kind mit ihr habe. Eine Frau müsse den häuslichen Herd hüten, sich nicht so stark schminken wie ich, erklärte er mir in einem Café, so sei er erzogen worden, obwohl heutzutage ja alles anders sei. Er war es auch, der mich zum ersten Mal in meinem beginnenden Leben als *devuška* bezeichnete, etwa »junge Frau«, ein gebräuchliches Wort, das mich definierte. Nein, sagte ich, Ich bin keine devuška, in erster Linie bin ich ein Mensch, in erster Linie sind wir beide zwei Menschen.

Du als Frau, sagte er auch.

Ich bin keine Frau, sagte ich, Ich bin keine Frau.

Was bist du denn, sagte er lächelnd, Bist du etwa ein Mann.

Nein, sagte ich, Ich bin kein Mann, aber auch keine Frau.

Georgij wollte so sehr Mann sein, dass ich nicht mehr weiß, wie er als Mensch war. Wenn er im Hotel getrunken hatte, weinte er und sprach in lauter Aphorismen. Ist das Leben gut, wollte er nach der zweiten Flasche plötzlich wissen, presste sein Gesicht an meines, ich bejahte, er warf sich begeistert zurück, und ich betrachtete eine Tätowierung in Form von chinesischen Schriftzeichen auf seiner Schulter.

Mir standen in seinen Augen nur zwei Wege offen, Mutter und Ehefrau zu werden oder Nutte. Wenn ich mich schön machte, und damals fand ich riesige schwarze Augen schön, gefiel ich ihm nicht, und manchmal hatte er keine Lust darauf, mit mir zu schlafen, weil ich nicht auf seine Ratschläge hörte, und ich musste beschämt wieder nach Hause gehen.

Die Dinge, über die wir uns unterhielten, bargen so viele Definitionen in sich, dass sie zu einem Rahmen wurden, den ich nicht übertreten durfte. Wagte ich einen zu großen Schritt, hieß es: Ich sei keine Frau. Keine richtige Frau. Oder doch eben Frau. Typisch Frau. Oder keine richtige Frau, aber zum Mann würde ich es nicht bringen. Sobald ich etwas tat, das ihm nicht gefiel, machte ich als Frau etwas, das jedem Mann an seiner Stelle nicht gefallen würde. Nicht einmal als Frau, sondern als *devuška*, ewiges Mädchen, Halb-Frau. Ich wusste, dass ich äußerlich eine seltsame Figur abgab, mich schwankend auf hohen Absätzen fortbewegte, und doch naiv und unschuldig war, auf jemanden wartete, der mich wie Dornröschen aus einem peinlichen Traum erlösen würde, peinlich deswegen, weil die Scham für meine willenlose Sprachlosigkeit wuchs. Aber er war der Erste, der meinen damals unbeholfenen, dünnen Körper als Frau definierte, und ich konnte dieses Wort nicht gänzlich von mir weisen.

3.

Wenn du später selber Kinder hast, verstehst du das.
(internationales Sprichwort)

Meine Familie war ziemlich konservativ, aber auf ihre eigene, originelle Art. Bei uns zu Hause herrschte eine Mischung aus russischer Familientradition, sowjetischer Zensur, religiösem Fanatismus und den individuellen Spezifika meiner Eltern. In der dunklen Perestroika-Zeit, als sie mit zwei kleinen Kindern in einem WG-Zimmer hausten und ums Überleben kämpften, waren sie Zeugen Jehovas geworden und haben nicht mehr von ihrem Glauben abgelassen. Als ich vier Jahre alt war, zogen wir nach Deutschland, ich hatte einen jüdischen Großvater, der bereits in Deutschland war, diesem Großvater durften fünf andere

Personen, seine Frau, seine Tochter, sein Schwiegersohn, seine Enkelkinder folgen. Mein Vater arbeitete, meine Mutter machte den Haushalt, aber sie hatte immer das Sagen, und alle Angelegenheiten, die unsere Familie betrafen, wurden von ihr entschieden. Ich mochte es, wenn ich nach der Schule nach Hause kam und Mutter nicht da war, das kam selten vor. Abends guckten wir alte sowjetische Filme, bei neueren Märchenverfilmungen und Familienkomödien durfte die Altersbeschränkung nicht über 6 Jahren liegen. Auf DVD-Hüllen strich meine Mutter mit einem schwarzen Marker alle Titel der Filmsammlungen durch, in denen Unsittlichkeit, Gewalt und Spiritismus vorkamen, diese drei Begriffe waren bei uns eine Art Zauberformel des Bösen. Wenn niemand zu Hause war, schaute ich mir diese Filme heimlich an, die zaghafteste Anspielung auf die menschliche Sexualität faszinierte mich. Das nicht ganz zugeknöpfte Hemd von Sergej Sergeevič wies auf die Schändung der tugendhaften und musikalisch begabten Larisa Dmitrievna hin, aber was genau ereignete sich in der Schiffskajüte zwischen den beiden (»Žestokij romans«). Wie hartnäckig versuchte der charmante Geheimrat die puppenartige Nasten'ka zu verführen, während er ihren Vater im Gefängnis hielt, oh hätte er sie doch verführt (»O bednom gusare«)! Schließlich zeigte die Kellnerin eines provinziellen Bahnhofrestaurants – endlich – ein wenig Brust, als sie sich hastig mit einem kaukasischen Melonenverkäufer im Zugabteil auszog (»Vokzal dlja dvoich«).

Diese 80er-Jahre-Filme waren die Büchse der Pandora, aus der ich etwas über die Welt erfuhr. Wahrscheinlich waren diese Filme damals mit einem ähnlichen Gefühl gedreht worden, mit dem ich sie mir zwanzig Jahre später anschaute – vorsichtig, wenn keiner der Mächtigen hinguckte, mit geheimer Freude und Provokation, aber auch Angst. Schließlich stellte ich die DVD zurück an ihren Platz, schaltete den Fernseher und den DVD-Player aus, entfernte den DVD-Adapter aus dem Fernseher und strich den Teppich glatt.

Obwohl ich schon als Kind sehr kurzsichtig war, trug ich keine Brille, da ich glaubte, sie würde mich noch hässlicher machen. Erst mit sechzehn kaufte ich mir gegen den Willen meiner Mutter Kontaktlinsen und sah die Welt auf einmal scharf.

4.

https://www.ebay-kleinanzeigen.de/s-russisch/ko

Hallo,
ich biete einen Service als Übersetzerin. Ich übersetze Texte und Dokumente, aber stehe Ihnen auch für Gespräche zur Verfügung.
Ich spreche fliesend deutsch, russisch und englisch.
Preise werden individuell und der Zeit entsprechend besprochen.

Ich arbeite ausschließlich mit europäisch russischem Rohhaar/ Schnitthaar
Das Haar hält bis zu 3 Jahren je nach Pflege und ist in jeder Art und weise wie ihr Eigenhaar.
Alle Haarhuelsen verlaufen natürlich in eine Richtung so dass verkletten und knötchen ausgeschlossen sind. Europäisch Russisches Schnitt Haar ist das beste was auf dem Markt ist für Haarverlängerungen .

Hallo,
ich bin deutscher und russischer Muttersprachler und biete Dienstleistungen als Übersetzer/Dolmetscher an, sowohl für Deutsch/Russisch als auch für Russisch/Deutsch.

Hallo, ich suche einen Nebenjob als Übersetzer, Deutsch/Russisch. Ich bin 39 Jahre alt, ein Sachbearbeiter von Beruf, und freue mich auf jedes Angebot.

Wörterbuch deutsch-russisch selten gebraucht daher zustand neu keine Kratzer flecke beschmutzungen

ich suche für meine 2 Kaninchen ein schönes Zuhause. Das Russische Kaninchen ist eine Zippe und 5 Monate für die möchte ich 20 haben.

Langenscheidt Leichte russische Kurzgeschichten mit Übersetzungshilfen und Erläuterungen ,nie benutzt selbstabholung gegen Barzahlung

Sie brauchen Nachhilfe in Sachen Russische Sprache? Kein Problem, da sind Sie bei mir genau richtig!! Ich war jahrelang als Dolmetscherin für meine Muttersprache tätig.

1. Mal in Anklam Tanja 27 geile Russin schlank 70C auch HH zärtlich lieb Prostatamassage Rollenspiele

5.

Es war ein goldener Ohrring mit einem kleinen Brillanten, irgendwo im Erdgeschoss in der Mensa musste er sein, ich schrieb Anzeigen, klebte sie auf Pinnwände, schrieb in ein studentisches Forum, ging zur Information, ob jemand vielleicht einen goldenen Ohrring, den Brillanten sparte ich aus, die Frau wunderte sich und lächelte und ich schämte mich. Ein anders Mal ein Ring mit einem kleinen, ungemein teuren Rubin (ich hab schon immer gesagt, kauf nichts bei den deutschen Juwelieren, bestell bitte aus dem russischen Katalog, hier, und jetzt hast du es), er war mir zu groß geworden und einfach vom Finger geglitten, irgendwo zwischen dem dritten und vierten Gleis des Ostbahnhofs, in der Nähe des Getränkeautomaten, dort, wo abends Mäuse herausgelaufen kommen, nach Krümeln, vielleicht auch Ringen suchen, sie in ihren Vorratskammern unterhalb des Getränkeautomaten verstecken.

6.

Es gab Luftballons, grüne und rote, als wir am Bahnhof verabschiedet wurden, dann aufklappbare Betten mit dünnen Decken, drei Tage, zwei Nächte, geduldsame Zeit. Man sagte, die belorussische Grenze sei die schlimmste, nachts kamen Männer, fragten nach Pässen, Taschen, Inhalten, leuchteten mit einer Taschenlampe in unsere Gesichter. Es gefiel ihnen nicht, dass in Mutters Pass der Stempel auf dem Foto nicht zu sehen war, als wäre die Fotografie nachträglich reingeklebt worden, mit so einem Pass dürfe sie nicht weiterfahren, wir begannen, die Sachen zu packen, Vater ging mit den Männern in den Flur vor dem Abteil und sagte, dass wir kein Geld hätten, wir müssten dann aussteigen, die Männer berieten sich, dann kam einer und gab uns den Pass zurück und wir fuhren weiter. Wobei, das passierte nicht im ersten Zug, da waren ja gar keine Luftballons, es muss später gewesen sein, bei einer der Fahrten im zitternden Wagon, der Zugbegleiter, provodnik, brachte Tee in dünnen Gläsern in metallischen Haltern, im Flur wurden Bekanntschaften mit den Nachbarn geschlossen.

Ob die Männer den Pass wirklich für gefälscht hielten oder einfach nur nach einem Anlass suchten, ihr Gehalt aufzustocken, ob sie in anderen Abteilen erfolgreicher gewesen sind, jedenfalls sahen wir arm genug aus, um die Grenze zu passieren.

7.

https://www.jw.org/de/bibliothek/musik-lieder/singt-voller-freude/62-das-neue-lied/

Lied 62

Das neue Lied

(Psalm 98)

1. *Singt das neue Lied! Den großen Schöpfer damit ehrt!*
   Wunderbar ist alles, was er tat und tun wird.
   Preist Jehovas Macht! Sein starker Arm hat oft befreit.
   Er wird immer siegen,
   er liebt Gerechtigkeit.

(REFRAIN)
Singt, singt, singt!
Das neue Lied erklingt.
Singt, singt, singt!
Jehova Rettung bringt. […]

Lasst uns beten.
Allmächtiger Vater. Wir danken Dir dafür, dass Du uns heute versammelt hast, danken Dir für Deine Gaben, für die geistige Speise, die Du uns immer wieder gibst. Segne auch all diejenigen, die heute nicht mit uns zusammen sein konnten, diejenigen, die mit gesundheitlichen Problemen zu kämpfen haben, und segne unser heutiges Beisammensein. Im Namen Deines Sohnes Jesus Christus. Amen.

8.

Mein Bruder und ich wussten nicht, wer wir waren. Während sich unsere Eltern eindeutig als nach Deutschland gekommene Russen mit – der Legende nach – jüdischen Wurzeln bestimmen ließen, so waren mein Bruder und ich Russen, Deutsche, Juden, alles in einem, ohne dass es eine Bezeichnung dafür gab. Der Bekannten- und Freundeskreis meiner Eltern war russisch, darunter auch russischsprachige Armenier, Kasachen oder Ukrainer. Ich las viel russische Literatur, hatte aber eine vage Vorstellung von der russischen Rechtschreibung, mit der ich erstmals im Slawistikstudium konfrontiert wurde. Der Glaube der Zeugen Jehovas hatte viel an Jüdischem, trotz seiner Aufhebung durch Christus war das Alte Testament weiterhin leitgebend, in dieser Hinsicht passte dieser Glaube gut zu meiner Mutter, die viel Wert auf ihre jüdische Abstammung väterlicherseits legte, und davon überzeugt war, dass alle talentierten Menschen der Welt Juden seien, was sie meinem Vater an Einstein, Heine, Mandel'štam und deren gebogener Nasen zu beweisen versuchte. Wenn ich zu unterschiedlichen Anlässen gefragt wurde, wie ich nach Deutschland gekommen war, wusste ich zunächst nicht, ob ich das mit dem Jüdischen sagen sollte, bis ich merkte, dass dieser Tropfen jüdischen Blutes in mir in Deutschland als exotisch gilt und zum Vorteil gereicht. Bei den vielen Definitionen des Jüdischseins, dachte ich mir, mütterlicherseits, väterlicherseits, als Religion, als Rasse, als Nationalität, ist es ohnehin schwierig, klarzustellen, wer jetzt Jude ist und was das überhaupt heißt. Jeden Samstagabend gingen wir zu Oma und Opa und guckten im Fernsehen russische, deutsche und israelische Nachrichten, lasen russische Illustrierte, in denen es um Familie und Beziehungen ging, Opa las auch eine jüdische Zeitung, die ich ein paar Mal aufschlug und langweilig fand. Mein Opa hörte sich prinzipiell beide Neujahrsansprachen an, auf

Russisch und auf Deutsch, und ärgerte sich gleichermaßen über die zur Schau gestellte Gläubigkeit ehemaliger KGB-Offiziere wie über die geschmacklosen Anzüge von Frau Merkel. Zum Abendessen ging er persönlich in die Küche, halbierte mit dem großen gezahnten Messer Weizenbrötchen, holte die gemusterte Wachsdecke aus der Kommode und breitete sie auf dem Tisch aus.

9.

Ich und Goršenev, der schon gestorben, und Samojlov, der Jüngere, der bestimmt auch bald, ich glaube genau zu wissen, was sie so schön macht, glaube sie so gut zu verstehen, ihre alkoholschweren Lider, ihre heroinblassen Augen, sie sind vierzigjährige Teenager, und ich, wenn ich immerjung, wenn ich ihr Freund und ihre Frau und Schriftsteller, was nicht gelingen kann, und alles, alles sein könnte für sie und sie für mich, was würden wir glücklich werden.

10.

Erwachet! | Nr. 2 2019
https://www.jw.org/de/bibliothek/zeitschriften/erwachet-nr2-2019-jul-aug/selbstbeherrschung

WARUM IST SELBSTBEHERRSCHUNG WICHTIG?

Wenn ein Kind Selbstbeherrschung hat, kann es einer Verlockung widerstehen, selbst wenn sie kurzfristige Vorteile verspricht. Ein Kind, dem es schwerfällt, sich zu beherrschen, neigt dagegen eher zu

- *aggressivem Verhalten*
- *Depressionen*

- *Tabakkonsum, Alkohol- oder Drogenmissbrauch*
- *ungesundem Essverhalten*

Einer Studie zufolge besteht bei Kindern, die sich beherrschen können, im Erwachsenenalter ein geringeres Risiko für Gesundheitsprobleme, finanzielle Schwierigkeiten und kriminelles Verhalten. Daraus zieht Professorin Angela Duckworth von der University of Pennsylvania den Schluss: »So etwas wie zu viel Selbstbeherrschung gibt es wahrscheinlich nicht.«

WIE KINDER SELBSTBEHERRSCHUNG LERNEN

Lernen Sie, Nein zu sagen und dabei zu bleiben.

GRUNDSATZ AUS DER BIBEL: »Euer Ja soll einfach ein Ja sein und euer Nein ein Nein« (Matthäus 5:37). [...]

Heute Ihr Nein zu hören, wird Ihrem Kind morgen helfen, selbst Nein zu sagen — zu Drogen, Sex vor der Ehe oder anderen Dingen, die ihm schaden.

11.

8.6.2016, Granada

Zuerst dachte ich, alle seien zu dieser Konferenz angereist, um einen Urlaub auf Kosten ihres jeweiligen Instituts zu machen und zwischen den kostenlosen Mahlzeiten in der Aula eine exotische Stadt zu erkunden, um möglichst viele handbestickte kunstseidene Kosmetiktäschchen, Lavendelseife und bunte chinesische Fächer zu kaufen, eine gutmütige Stimmung.

Der Organisator der Konferenz kam bei seinem Eröffnungsvortrag auf seine Gotteserfahrung zu sprechen, die er vor Kurzem in einer benachbarten katholischen Kirche gemacht habe, die übrigens seit fünf Jahrzehnten regelmäßig von der Mutter Gottes heimgesucht werde, was mindestens drei Zeugen bestätigen könnten. Ich war die einzige im Saal, die das beunruhigte. Dann wurden Kaffee und Orangensaft getrunken, Muffins verschlungen und man konnte die Vortragenden aus der Nähe beobachten, wenn man versuchte, sich zwischen ihnen zu den Muffins durchzudrängeln, allesamt Männer, alt und bärtig. Jeder schien jeden zu kennen, man sprach sich mit Vornamen an und bat, einem bitte doch von dem Saft dort einzugießen, sie hatten allesamt Hunger und Durst, ich zwar auch, aber ich war jung, viel jünger als der durchschnittliche Konferenzteilnehmer, und hatte das Recht, Unmengen von Muffins zu essen, bei ihnen blieben die einfachen Kohlenhydrate am Bauch hängen, darf ich bitte durch, oh, I'm sorry, izvinite, lo siento, haben sie noch Muffins. Nur die Toilette still und gemütlich, eine ältere Frau kämpfte mit dem automatischen Wasserhahn, ich holte einen Lippenstift heraus (in russischen Kreisen ist das erlaubt). Später erklärte ein Mitarbeiter des Dostoevskij-Museums Sankt Petersburg, dass Raskol'nikov aus Dostoevskijs »Verbrechen und Strafe« seine Entwicklung doch im Einklang mit dem russisch-orthodoxen Kirchenjahr vollzogen habe. Eine bekannte Dostoevskij-Forscherin aus gleichen Kreisen erinnerte den Vortragenden daran, dass ein Mord eine Todsünde sei, eine zur ewigen Verdammnis führende Todsünde, das könne man nicht einfach so unter den Tisch fallen lassen, und alle Beschönigungen des durch Raskol'nikov begangenen Mordes seien ebenfalls verbrecherisch. Ihre Bemerkungen zum Vortrag erhielten Applaus. Ein anderer merkte an, dass eine Weiterführung des Romans in Form eines zweiten Bandes wohl in Einklang mit dem russisch-orthodoxen Glauben zu bringen und deshalb nicht als unwahrscheinlich abzulehnen sei, wohingegen drei Bände etwas anderes seien, drei Bände schlössen neben der Hölle und dem Paradies das

Fegefeuer ein, das nichts zu suchen habe bei einem russisch-orthodoxen Autor, dem Gegenstand der wissenschaftlichen Untersuchung. Der zweite Vortrag war auf Englisch, ein Drittel habe ich nicht verstanden, zwei Drittel wollte ich nicht verstehen, also begann ich, mein Namensschild und den Kugelschreiber auseinander zu bauen. Von meinem Kind zu Hause habe ich gelernt, keine Minute sinnlos zu verbringen, keine Minute ohne Beschäftigung, also baute ich alles auseinander, was in meiner Nähe auseinanderzubauen war, bis mir ein Teil, die Kugelschreibermine, auf einmal aus dem Schoß fiel und langsam Richtung Treppe rollte, ich ihr hinterherlief und irritierte Blicke auf mich lenkte.

12.

Wir waren in einer Ferienwohnung im Erdgeschoss eines Schweizer Bauernhauses, jeder hatte ein eigenes Zimmer, es war kalt und verregnet, und dann begann Mutter zu bluten. Sie stand mit nackten Füßen in der Dusche, krempelte die Hosen hoch, und die Blase, mit der sie versehentlich gegen die Tür gestoßen war, war geplatzt, blutete ununterbrochen. Vater lief besorgt durch die Wohnung, suchte nach Verbandsmaterial, ein Pflaster hätte diese Blutwucht nicht getragen, und ich warf einen Blick ins Badezimmer und ging dann schnell auf mein eigenes Zimmer, nahm mir irgendeine Zeitschrift, während Vater durch die Wohnung rannte und auf mein gleichgültiges Gesicht wütend war. Mutters Mittelzeh war länger als ihr großer Zeh und ragte spitz hervor, ihre Nägel waren lang und rundgeschnitten anstatt gerade, sodass sie über die Haut hinausgingen, und in der Zeitschrift las ich von einem muslimischen Model, einer Frau, die sich weigerte, ihre Füße zu entblößen, und solidarisierte mich mit ihr.

13.

Manches übernahm ich einfach, Mutter mochte zum Beispiel keine großen roten Rosen, und ich sagte, dass ich keine großen roten Rosen mochte, es stimmte ja, ich mochte sie tatsächlich nicht, hatte zarte Sträuße lieber, Astern, Nelken, Schleierkraut, und ich übernahm es von meiner Mutter, die vielleicht zu oft Blumensträuße bekam.

14.

Dann die Röcke, diese Röcke, immer das gleiche Problem, neue Röcke wurden schnell kurz und kürzer und bedeckten schließlich nicht mehr die Knie, beim Sitzen wurden sie noch kürzer, beim Bücken bedeckten sie auch hinten nichts mehr, und Mutter wusste nicht, dass ich sie extra hochzog und umkrempelte oben und kleine Falten reinnähte, um sie enger und kürzer zu machen.

15.

Sie können sich noch so gut tarnen, die Russischsprachigen der ersten Generation, ihre weiche Aussprache, ihre runden Vokale, ihre Kleidung verraten sie. Ich könnte als Detektiv arbeiten und sie ganz nebenbei aufspüren, Mitreisende, Passanten, Vortragsredner, Mütter in Kindergärten, in Musikschulen, auf Spielplätzen, sprecht ein noch so gutes Deutsch, ich weiß, wer ihr seid, wisst ihr, wer ich bin.

In der Straßenbahn sprechen Eltern Deutsch mit ihren Kindern, um nicht als Ausländer zu gelten, um zu zeigen, wie gut sie sich assimiliert haben, sich aufgelöst in der deutschsprachigen

Umgebung, und ich sitze da und lache vor mich hin – ich höre sofort den russischen Akzent heraus, sehe, dass die Mutter eine Kette aus Rotgold trägt, sie können mir nichts vormachen.

16.

Im Hotelzimmer lässt sich die Tür von innen verriegeln, indem man einen kleinen metallischen Hebel seitwärts stellt, so gesehen gibt es kein richtiges Schloss, nur die breite Türklinke, die durch den Kontakt mit einer Plastekarte nachgibt. Aber den kleinen Riegel, den gibt es, eine Spur von Privatsphäre, Sicherheit und Intimleben. Ich liege breitbeinig auf dem Bett, ohne Strumpfhose, die alte habe ich ausgezogen und in den Mülleimer geworfen, weil sie ein Loch hatte, die neue hängt auf dem Stuhl bereit, ich liege also auf dem Bett und lackiere die Fußnägel, warte, bis sie getrocknet sind und ich die Strumpfhose anziehen kann, es klopft einmal an der Tür, die Tür fliegt auf, eine Putzfrau mit einem Stapel Handtücher. Der kleine Riegel ist also nur eine optische Täuschung, ein geschicktes Manöver, es steckt mehr dahinter, als man denken mag. Spät abends, das Licht ist schon ausgeschaltet, übergibt sich ein Mann im Nebenzimmer. Ich höre die pressenden, würgenden Geräusche, als wäre der Mann in meinem Zimmer, endlich kommt es raus und er drückt die Spülung und es wird wieder still und ich schlafe ein. Am nächsten Morgen höre ich, was er auf der Toilette macht, wie es Männer auf der Toilette machen, ich öffne das Fenster in meinem Zimmer und denke nach. Er geht zum zweiten Mal duschen, vielleicht ist er ein Moslem, vielleicht hat er keine Feuchttücher dabei, haben Männer überhaupt Feuchttücher dabei, besonders auf Reisen, um sich zwischendurch die Hände abzuwischen oder die T-Zone zu reinigen, die Stirn-Nasen-Kinn-Partie, warum fahren Männer weg, um sich in kleinen Einbettzimmern zu übergeben, er geht, kommt wieder zurück, hat sich wohl etwas an der Rezeption geholt oder etwas gefragt, hoffentlich macht er nichts mehr, hoffentlich hat er vorhin alles erledigt. Wenn er wüsste, dass ich im Nebenzimmer bin und alles höre, was er von und aus sich gibt, hat er mich vielleicht schon mal im Flur gesehen, zufällig, ist an mir vorbeigegangen und hat sich irgendwas dabei gedacht, irgendwas dabei gesagt, denn auch ich war heute und gestern mehrmals im Bad, habe manches getan, was junge Frauen nicht tun, habe geduscht, telefoniert, geschlafen, wieder geduscht, die Haare geföhnt, wieder telefoniert, hat er alles mitbekommen, weiß er jetzt alles von mir, außer meinem Namen, aber auch den hätte er irgendwie herausbekommen oder heraushören können aus den Monologen am Telefon, jetzt seufzt er und geht ein paar Schritte auf und ab in seinem Zimmer und legt sich hin und bleibt jetzt hoffentlich einfach liegen und macht nichts dabei. Aus Versehen mache ich einen unbedachten Schritt, stelle den Fuß falsch, der Fußboden knarrt, die Holzdielen, die von meinem Zimmer direkt in das seine verlaufen, in meinem Zimmer senkt sich eine Diele, in seinem Zimmer hebt sich eine Diele und sein Bett fängt an zu quietschen. Wenn er sich heute Abend übergeben sollte, wie gestern, werde ich an die Wand klopfen, aber was, wenn er daraufhin zurückklopft und auf eine Antwort wartet oder wenn er mit Absicht ein zweites Mal erbricht oder nur so tut, um mich nicht einschlafen zu lassen, oder wenn er auf einmal vom Flur aus an meiner Tür klopft, genervt, verärgert, betrunken, mitten im Vorgang des Erbrechens gestört, und ich weiß nicht mehr, ob ich die Tür verriegelt habe, ich rolle mich auf dem Bett zusammen, ziehe den Kopf unter der Decke ein, klein, hilflos, im Slip und in einem langen dünnen T-Shirt, mit gerade gewaschenen, nassen Haaren, die Kontaktlinsen liegen im Bad, bis ich sie eingesetzt und mich angezogen habe, vergeht Zeit, was mache ich dann, soll ich ihm aufmachen, jetzt seufzt er wieder und gähnt und geht ins Bad.

17.

https://deti.mail.ru/forum/

Achtung, wird länger
Mädels, wie soll ich mich beruhigen? Ich dreh noch durch hier
Nach der Geburt unseres Sohnes hat mein Mann angefangen, sich unmöglich zu verhalten, er rastet schnell aus, schreit herum. Von diesem Geschrei werde ich ganz nervös
Vor der Geburt unserer Tochter war mein Mann 6 Jahre lang nicht so. Ich bin mir sicher, dass sein Verhalten vorübergehend ist
Ich will einfach unsere Familie bewahren
Mein Mann war normal, aber als wir ein Kind bekommen haben, hat er aufgehört zu arbeiten und sich dann eine andere gesucht
Danke. Meine Kinder sind wirklich alles für mich
Ich suche nicht nach Leuten, für die ich interessant bin, mir ist meine Familie wichtig
Denn Männer sind im Grunde genommen auch Kinder
Vieles hängt von der Frau ab
Wir provozieren oft selbst Streit. Manchmal muss man sich einfach zurückhalten
Alles kommt mit der Erfahrung
Familie zu sein ist eine schwere Arbeit
Wir haben fast keinen Intimverkehr mehr
Mädels, gebt mir bitte einen Rat, wie soll ich seine Worte ignorieren und mich nicht aufregen
Schließlich will ich die Familie bewahren, er sagt aber, wenn ich gehen will, kann ich das tun, mich hält keiner fest
Ich sage ihm, wenn er gehen will, soll er das tun, ihn hält keiner fest
Bevor wir geheiratet haben, war alles gut. Wir haben uns geliebt und hatten viele gemeinsame Freunde
Wir haben uns immer nur deswegen gestritten

Als ich mit ihm darüber gesprochen habe, ist er ausgerastet und hat mich ins Gesicht geschlagen
Er ist aber ein wunderbarer Vater und verbringt viel Zeit mit unserem Sohn
Man denkt halt, dass das Kind bei der Mutter wohnen muss, sonst ist sie eine schlechte Mutter, wenn sie das Kind an den Vater abgibt
Wegen den Kindern schlafen wir meistens getrennt, ich mit den Kindern im Schlafzimmer, und er auf dem Sofa
Wegen den Kindern schlafen wir meist getrennt, ich mit den Kindern im Kinderzimmer, und er im Schlafzimmer
Ein Kind kann man nicht mit zwei vergleichen
Im letzten Jahr hat er sich sehr gebessert. Ich habe dann geglaubt, dass er mich liebt
Ich lasse ihn sonst wirklich immer ausschlafen
Das hat erst nach der Geburt des zweiten angefangen
Das hat angefangen, als ich schwanger wurde
Das hat kurz nach der Hochzeit angefangen
Ich weiß nicht, ob er mich noch liebt
Nach der Arbeit ist er müde, isst und legt sich gleich aufs Sofa. Manchmal spielt er am Wochenende am PC
Als Frau und Mutter muss man klüger sein
Wir leben seit drei Monaten von meinen Ersparnissen
Ich würde meine Familie wegen solcher Kleinigkeiten nicht aufs Spiel setzen
Nach der Scheidung nahm er noch den Fernseher mit, obwohl ich ihm das Auto gelassen habe
Wenn er die Nacht durchgespielt hat, ist er am nächsten Morgen gereizt und aggressiv
Ich habe finanziell keine Möglichkeit, mir eine Wohnung zu mieten, ich lebe in seiner Wohnung
Er sagt, dass die Kinder bei ihm bleiben, das kann ich ihnen nicht zumuten
Ich sage, dass die Kinder bei mir bleiben, damit ist er nicht einverstanden

Wir haben verschiedene Ansichten, was die Erziehung von Kindern angeht
Ich möchte nicht für den Rest des Lebens allein bleiben

18.

Vater sprach besser Deutsch als Mutter und lernte *jemandem auf den Wecker fallen*, *Ausschau halten* und *sich die Haare raufen* mit dem Wörterbuch auswendig. Miteinander sprachen wir nur Russisch, obwohl Lehrer und Mitschüler uns oft sagten, dass es nicht richtig sei, in Deutschland zu leben und auf seiner Sprache zu beharren. Als mein Bruder kurz vor dem Abitur in seiner Klasse erste Freundschaften schloss, sprach er fast ausschließlich Deutsch und einen kleinen Teil der russischen mündlichen Alltagssprache. Wenn er mir aber eine SMS auf Russisch schrieb, konnte ich sie kaum entziffern. Das lag nicht nur am lateinischen Alphabet, das kyrillische Zeichen ersetzen sollte, er schrieb so, wie es gesprochen wurde, ein sonderbares Russisch. Einige Wörter aus dem Deutschen benutzten wir auch im Russischen, wenn wir keine Entsprechung fanden, uns die Übersetzung zu kompliziert erschien oder wenn es sich beim deutschen Begriff um einen unübersetzbaren Terminus technicus handelte – Sozialamt, Arbeitsamt, verkaufsoffener Sonntag, Discounter, Termin. Termine gibt es im Russischen nicht – man verabredet sich, man schreibt sich in eine Liste, in einen Kalender ein, man muss zu einem bestimmten Zeitpunkt irgendwo sein, man trifft sich. *U menja termin*, sagte ich, wenn ich ein Gespräch abbrechen wollte, so tat, als ob ich losmusste.

Als Kind hatte ich Probleme mit den Wörtern Eichhörnchen und Fahrscheinknipsen. Als ich in der zweiten Klasse einen Jungen um seinen Tintenkiller bat, weil ich selbst keinen hatte, sagte ich zunächst Tittenkiller und verstand nicht, warum ich ausgelacht wurde.

Im Gymnasium unterhielt ich mich wenig, hatte gute Noten, aber keine Freunde. Vielleicht lag es an mir, meiner Kurzsichtigkeit, meiner Schüchternheit, gar nicht am Russischen, vielleicht hätte ich auch als Deutsche keine Freundschaften schließen können. Der Unterricht war lang, die Pausen einsam, ich hatte die ersten Anfälle von Migräne, übergab mich, zitterte und ging ins Sekretariat, um nach Hause gehen zu dürfen, schluckte Paracetamol, schlief einen Tag und ging wieder zur Schule. Im Geschichtsunterricht, wenn es um Vergewaltigungen deutscher Frauen durch die rote Armee ging, glaubte ich, dringend diskutieren zu müssen, und schlug vor, uns doch über Konzentrationslager zu unterhalten, die Russen hätten zumindest keinem die Haut abgezogen, um daraus Lampenschirme zu machen. Ich verteidigte meine angebliche Heimat, an die ich mich kaum erinnern konnte, und balancierte zwischen zwei Formen des Nichtseins, des Russischseins und des Deutschseins, denn beides traf auf mich nicht zu und ich konnte meiner eigenen Meinung nach weder gut Russisch noch gut Deutsch.

19.

Samstags kamen immer die Werbeprospekte, lagen auf dem Tisch im Wohnzimmer und jeder griff sich einen raus und studierte ihn, markierte Seiten, und Mutter schrieb auf einen kleinen quadratischen Zettel mit akkurater Schrift die relevanten Angebote der kommenden Woche ab. Im Real, im großen Einkaufszentrum im Obergeschoss, gab es abends reduzierte Joghurts mit knappem Haltbarkeitsdatum, verschiedene Sorten, mal mehr, mal weniger, da ging Mutter hin oder schickte uns los. Im Penny am Platz, versteckt zwischen den Häusern, gab es billige Feigen, vier Stück in einer Packung, für Großeinkäufe fuhren wir mit der Straßenbahn samstags zu Netto oder Lidl, Mutter dirigierte,

Vater trug die Taschen, wir langweilten uns. Wenn es nötig war wegen eines besonderen Angebots, Bananen, Kiwis oder Müsliriegel, fuhr Mutter unter der Woche auch ans andere Ende der Stadt, sammelte so, von einem Geschäft ins nächste, zwei Einkaufstaschen voll, trug sie in die Straßenbahn, dann die Straße von der Haltestelle zum Haus hoch und in den dritten Stock. Das Einkaufen war eine Arbeit, die Vorbereitung erforderte und Erfahrung, die Zeit und Kraft einnahm. Durch das viele Tragen schienen ihre Arme länger zu werden, die Finger dünner. Ein unendlicher Vorgang, jeden Tag wurde gegessen, getrunken, wieder musste sie einkaufen gehen, während wir in der Schule, Vater auf Arbeit war, wenn sie zurückkam, kochte sie Mittagessen, aß etwas davon, ging wieder einkaufen, oder es war Versammlung und wir fuhren mit der Straßenbahn ins Gewerbegebiet. Alles kostete Geld und alles hatte seinen wahren Preis, Reduziertes kam dem wahren Preis nahe, und im Einkaufszentrum gab es im Herbst einen großen Ausverkauf, da kaufte ich mir einen breiten blaugoldgemusterten Schal und einen grünlichbraunen, zwei für eins, für sechs neunundneunzig.

20.

Wir stehen im Flur, als Christiane sich plötzlich umdreht.

– Russischer Kaffee, das ist doch mit Wodka, oder? Da müsste Ksenia Bescheid wissen.

Ich weiß nicht Bescheid, ich trinke weder Kaffee noch Wodka, und ich sage:

– Sowas gibt es nicht. Genauso wie es Russischen Zupfkuchen oder Russisch Brot nicht gibt.

Es stimmt nicht ganz, was ich sage. Denn auch wenn der Zupfkuchen, der mir nie geschmeckt hat, und das Russisch Brot in Russland unbekannt sind, dürfen sie in Deutschland unter dem Etikett *Russisch* existieren. Den Zupfkuchen und die Buchstabenkekse gibt es schon, ich weiß nur nicht, wieso sie russisch sein sollen. Es macht sich nicht gut, wenn ich so barsch antworte, es wäre besser, ich hätte gesagt:

– Ja, klar, mit Wodka.

Und geschmunzelt dabei, ist ja klar, was russisch ist – ist mit Wodka.

Aber ich beharre darauf:

– Deutsche trinken nicht weniger Alkohol als Russen.

Ich lese aus ihrer Frage Vorurteile heraus, ihre Frage ist eine Provokation, ein typisch weiblicher Nadelstich. Ich weiß nicht genau, warum er typisch weiblich sein soll, aber Christiane hat schöne lange Haare, einen schwarzen Mantel, wie ich ihn schon lange haben wollte, und sie macht mich nervös. Sie ist keine richtige devuška, denke ich mit Befriedigung, sie ist dick, doof und hässlich, diese typisch deutschen, schmalen Lippen. Sie hat um einiges mehr Freizeit, ist egoistisch, selbstsüchtig, arrogant, lebt nur für sich, aber trotzdem bin ich besser als sie.

21.

Ich las damals viel, viel mehr als heute, obwohl ich mit vierzehn Jahren Dostoevskijs Raskol'nikov oder Nietzsches Übermenschen zu sehr auf mich bezog und nichts von dem Kontext der Bücher wusste. Ich war die Einzige in meiner Familie, die Dostoevskij liebte, den Epileptiker. Vater machte sich darüber lustig, fragte, ob ich mich auch für etwas Besseres hielte, ob ich eine Axt bereitliegen hätte, und ich schwieg. Wir besaßen viele Bücher, es wurde immer gern gelesen bei uns, aber es war naives Lesen, das Lesen um des Lesens willen, das Buch als Symbol und Freizeitbeschäftigung. Meine Eltern kauften keine zeitgenössische Literatur, nur das, was sie früher mal zu Schulzeiten gelesen hatten.

Seltsamerweise stand bei uns auch »Im Westen nichts Neues« im Regal, wo die Protagonisten doch Prostituierte und Alkoholiker waren. Wenn ich mich nicht irre, war es Mandel'štam, der gesagt hat, der erste Bücherschrank präge den Lesegeschmack eines Kindes lebenslang. Mein Vater hatte in seiner Jugend Gedichte geschrieben, war auf Rockkonzerte gegangen, durch ihn kam ich auf DDT, aber dann sagte sich Vater davon als Teil seiner weltlichen Vergangenheit los, seine CDs im Wohnzimmer verschwanden. Er hat meine Gedichte nicht gelesen, ich habe seine Gedichte vergessen. Meine Mutter verstand nichts von Abstraktheit und wollte auf Gemälden schöne Landschaften und schöne Menschen sehen. Alles andere bezeichnete sie als philosophisch – und Philosophie hatte ihrer Ansicht nach nichts in Kunst zu suchen.

Ich hatte keine Locken wie sie, ich war ganz anders, und sie liebte mich weniger als meinen Bruder. Mein Vater liebte mich mehr, dafür stand er in völliger Abhängigkeit von meiner Mutter, ohne die er keine Entscheidung traf. Manchmal kontrollierte mein Vater anhand der Liste auf der Quittung die Bücher, die ich aus der Bibliothek mitgebracht hatte, und zog Freud oder Nietzsche ein oder hörte meine selbstgebrannten CDs ab und versteckte Silbermond (mit einigen an Rock grenzenden Songs) im Schlafzimmerschrank auf dem obersten Regal. Die Bücher machten mir nicht viel aus, kurz vor Ende der Leihfrist musste er sie mir zurückgeben und ich konnte sie in der Bibliothek zu Ende lesen, aber bei der CD war nichts zu machen.

Ich hasste es, wenn meine Mutter am Sonntagmorgen ungeschminkt am Frühstückstisch saß, konnte nicht verstehen, warum sie sich absichtlich so hässlich sein ließ, warum sie ihre hellen Wimpern zur Schau stellte. Außerdem hasste ich die zu kurzen Cordhosen meines Vaters, die seine Knöchel freiließen, die ungewaschenen Haare meines Bruders, der nur ungern duschte. Manchmal hasste ich sie alle, manchmal liebte ich sie, es wechselte sich ab.

22.

http://oksana-pv.de/, https://www.russischefrauen.net/meine-99-ratschlage.htm u. a.

Unsere bildhübschen russischen ukrainischen Single Frauen auf der Partnersuche suchen alle einen ehrlichen und treuen Lebenspartner und Mann, um gemeinsam eine glückliche Lebenspartnerschaft und Familie zu gründen für eine gemeinsame, glückliche Zukunft.
Die russische Frauen sind wesentlich toleranter und geduldiger als westliche Frauen: das liegt daran, dass in Rußland gegenseitige Hilfe und Abhängigkeit innerhalb der Familie ganz großgeschrieben wird!
Russische Frauen sind bekannt für ihren Sinn für Mode, ihren guten Musikgeschmack und ihre hohe Wertschätzung für die Künste.
Rechnen Sie mit einer Wartezeit von etwa einem Jahr, bevor Sie mit ihr Kinder haben werden.
Wenn Sie Ihre Brieffreundin etwas fragen wollen, fragen Sie direkt, ohne Umwege, aber sehr höflich.
Versuchen Sie, das, was man die »slawische Seele« nennt, besser verstehen zu können. Das ist entscheidend in der Korrespondenz mit einer russischen Frau.
Lächeln Sie auf allen Fotos! !
Hüten Sie sich vor ukrainischen oder russischen Anzeigenseiten, die gratis angeboten werden.
SCHICKEN SIE DEN DAMEN; MIT DENEN SIE IN KONTAKT STEHEN; NIEMALS GELD! ! !
Die Gesprächsthemen werden Ihnen nicht ausgehen, dafür haben wir mit unserer Matching-Analyse gesorgt.
Falls auch Ihre zweite e-mail ohne Antwort bleibt, schicken Sie einen Brief auf dem Postweg: vielleicht hat sie ein Problem mit ihrem Computer.
Die meisten russische Frauen sprechen weder englisch noch deutsch.

Sie leben gerne Ihre Weiblichkeit zur Freude ihres Partners aus.
Benutzen Sie nicht den Google-Übersetzer.
Schicken Sie niemals Geld.

23.

In unserer Stadt gab es zwei kleine russische Geschäfte, in denen man slawische – meist in Deutschland hergestellte – Lebensmittel kaufen konnte, Käse, Quark, Pelmeni, Schokoladenpralinen, Limonade, Getreideflocken, Konserven, aber auch Spielzeug aus China, selbstgebrannte DVD-Filme, man konnte dort Pakete abgeben, die man in sein Heimatland schicken wollte. Auch wenn es eine offizielle Deutsche Post und gewöhnliche Discounter mit russischen Lebensmitteln gab, waren diese Läden für viele unserer Bekannten überlebenswichtig. Sie trugen seltsame Namen, 5+ PLUS zum Beispiel, das Pluszeichen vor dem Wort wies auf die ausgezeichneten Qualitäten des Ladens hin, während im deutschen Schulsystem die Fünf für mangelhaft steht. Das andere Geschäft hieß Rasputin, ähnlich düster schaute der stämmige Besitzer an der Kasse, es hieß, er habe zusammen mit seinen drei erwachsenen Söhnen vor Kurzem ein eigenes Haus im benachbarten Dorf gebaut, und unser Bekannter erfuhr von einem anderen Bekannten, dass es zweieinhalb Stockwerke haben sollte. Seine Frau stand an der Frischwarentheke, schnitt und wog Käserollen ab und angelte gesalzenen Hering aus einem Holzfass. Das 5+ PLUS war zu zentral gelegen und schnell bankrott, die meisten Kunden lebten abseits in Plattenbauvierteln, wir wechselten zu Rasputin. Dort war es eng und staubig, die Kunden kannten einander, es gab Sympathien, verborgene Feindschaften gegenüber dem Ladenbesitzer und seiner Frau, wir wussten über ihre Einkommensverhältnisse Bescheid, achteten nicht auf ein abgelaufenes Haltbarkeitsdatum und diskutierten an der Kasse, warum hier alles so teuer sei.

24.

Immer schon hatte ich gesagt, ich will Schriftsteller werden, nicht Bankkauffrau, nicht Bibliothekarin, auch keine Schriftstellerin, immer Schriftsteller, seit der Grundschule. Und wenn ich es immer gesagt und ernst gemeint habe und es nachweisbar ist durch Tagebücher, Schulzeitungen und Zeugenaussagen, warum, wie sollte ich etwas anderes werden, wo es das Einzige ist, das ich jemals werden konnte. Als Beweis, hier, füge ich, s.u., einen handschriftlichen, offensichtlich literarischen Text über einen geretteten Fuchs an, vielmehr eine Familiengeschichte mit Konflikt und Versöhnung, die ich im Alter von sieben Jahren vor der Klasse im Stuhlkreis gelesen und für die ich deutlichen Applaus erhalten habe:

Es wahr ein mahl
Ein Haus, der stand
in einen tiefen,
tiefen, Wald. in denn
Haus wohnten 4
MEnschen: Mama Simbala,
Papa Makascho, und die
beiden Kinder: Jul-
ja, und Christjan.
sie Wahren aus
Frankreich, darum
hatten sie soo
komische Namen.
Christjan wahr es
immer Langweilich!
Julja wahr im
Bett, weil sie krang
wahr. da Sagte Chri-
stjan zu seiner Mama:
Mama! mir ist es La-
ngweilich! geh Lieber

25.

2.4.2003

Lida hat mich gleich nach der Schule zu sich nach Hause eingeladen, ich hab Mama ruhig, taktvoll gefragt. Sie wird natürlich hysterisch – »In den Predigtdienst (den ich schon hasse) gehst du also nicht!«, und »Zu ihr gehst du nur über meine Leiche!«…
In diesen Momenten sag ich mir selbst in Gedanken: ich werde kein Zeuge, genau deswegen, weil meine »teuren« Eltern mich behandeln wie ein dreijähriges Kind.
Ich geh keinen besuchen, Freundinnen hab ich fast keine, ich laufe mit diesem idiotischen Ranzen in der Schule herum, ein Handy hab ich nicht, Taschengeld auch nicht, sie zwingen mich diese Röcke anzuziehen, bescheuerte Versammlungen. Da kann man gut schlafen zwei Stunden lang. Aber man muss sich auch noch vorbereiten zu diesem Scheiß, sich stundenlang Lektionen anhören über die moralische Verdorbenheit der heutigen Jugend. Bescheuerte Eltern!!!
Oder gestern, da hab ich drei Kekse von der Prinzenrolle genommen, als ich von der Schule kam. Dann hat Papa gesagt, dass ich eine kleine Diebin bin. Er wählt seine Ausdrücke nicht besonders. Mama wurde wütend und ich darf jetzt eine Woche lang nichts Süßes.
Heute hat sie mir wieder eine Lektion vorgetragen, dass sie mit den Ältesten reden muss wegen meinem »rebellischen Verhalten«. Wenn ich wirklich ein Rebell wäre, würde ich alles hinschmeißen, und das wars dann! Werde zu keinen Versammlungen mehr gehen, in keinen Predigtdienst mehr…
Jehova, denke ich, wird es verstehen, dass ich nicht mit ihm Schluss mache, sondern mit den Eltern…
Übrigens ist das alles nur Phantasie. Gleich werde ich wieder zur Versammlung gehen in meinem Omarock, werde meine Mütze anziehen, werde dasitzen und mir Lektionen anhören über »den Gehorsam

gegenüber Eltern« und wie ein glückliches Mädchen tun, das in einer ordentlichen Familie aufwächst…
Mir reicht dieses Theater!!!
Wenn sie mich nicht ohne die Mütze rauslassen, werd ich sie eben draußen abnehmen!
Und so mit allen anderen Sachen: sie können mir stundenlange Lektionen halten zur Gehorsamkeit, meinetwegen jeden Tag mit dem Riemen schlagen –
mit 18 werde ich weg sein, und dann – TSCHÜSS! Dann können sie mir ihre Lektionen höchstens am Telefon halten, wenn ich natürlich den Hörer abnehme.
Vielleicht schreibe ich Unsinn, bin sehr wütend gerade.

Papa ist reingekommen, musste abbrechen.

26.

Von:	<kl101190@uni-greifswald.de>
Betreff:	Konferenz Petersburg
Datum:	14-11-2016 14:20
An:	<slawliteraturwiss@uni-greifswald.de>

Sehr geehrte Frau Prof. XXX,

ich bin gestern geschockt von der Konferenz im Dostoevskij-Museum in St. Petersburg zurückgekehrt und weiß nicht, was ich darüber denken soll, mich würde Ihre Meinung interessieren.

Alle Vorträge handelten von Dostoevskij als Autor – entweder von seiner Biographie, Briefwechsel, Glauben etc., oder von seiner Intention, die man aus seinen Texten herausliest. Außerdem endeten fast alle Vorträge, die ich mir angehört habe, mit einer Moral – z. B. mit Rezepten für die Rettung der Menschheit (Glaube,

Liebe), mit einer Verurteilung der nicht zum Christentum bekehrten Protagonisten. Im Mittelpunkt stand stets die Stimme des Autors, wie und wann sie zum Ausdruck kommt. Es wurde auch von den natürlichen Spezifika des Weiblichen gesprochen (ewiges Leiden), die als reale Tatsachen vorausgesetzt wurden – als ich versucht habe, mit dem Vortragenden darüber zu diskutieren (wie kann man Foucault zitieren und solche Aussagen unbegründet stehen lassen), wurde mir erklärt, dass das halt so sei, wie Frauen seien, das wisse jeder, aus eigener Erfahrung, und dass Barthes' »Tod des Autors« eine in die Welt gesetzte Seuche sei.

Die Kommentare zu den einzelnen Vorträgen waren sehr aggressiv und z. T. lächerlich, wie »Ich sage das Ihnen als Frau und Mutter!«, »Warum lieben Sie Dostoevskij nicht?«. Namen wie Bachtin und Freud waren sehr negativ besetzt. Nach meinem Vortrag erklärte der Moderator, dass meine Grafiken ja von deutscher Sorgfalt zeugten und interessant seien, aber insgesamt keinen Sinn ergäben. Ein Konferenzteilnehmer sprach vom Westen, von dessen Untergang und der Sinnlosigkeit solcher Arbeiten wie meiner. Eine Teilnehmerin erklärte, dass zu diesem Thema schon so viel geschrieben worden sei. Ich musste mich wehren und sagte, dass ich von der Art der Kommunikation sehr überrascht sei, dass ich hier nicht um Rat und Bewertung bitte, sondern lediglich konkrete Fragen zum Vortrag beantworten wolle. Nach dem Vortrag stellte ein Teilnehmer vergnügt fest, dass ich ja gar nicht in Staraja Russa gewesen sei – wie könne ich dann über die Raumsemantik des Romans sprechen. Am nächsten Tag ließ mich ein älterer Herr beim Tee wissen, dass der Ausschluss des Autors aus der Textanalyse keinerlei methodische Grundlagen habe und die ganze jahrhundertlange Tradition ignoriere, eine postmoderne Erfindung des Westens, ein Weg ins Nichts usw. Eine ältere Frau fragte in der Garderobe nach meiner Glaubenszugehörigkeit – ob ich denn das orthodox kommentierte Evangelium gelesen habe, und führte Textstellen an, die die Unabdingbarkeit der orthodox-christlichen Interpretation beweisen sollten. Am letzten Tag gab es eine Exkursion nach Kronstadt – wie sich herausstellte, war es eine kleine Pilgerreise von Gläubigen zur Kathedrale und zur Wohnung des heiligen Ioann. Nachdem ich beim Mittag um vegetarisches Essen bat, nahm mich die Organisatorin der Konferenz beiseite und sagte, dass meine Forderungen beleidigend seien und ich das Fleisch auch hätte essen können.

Nun glaube ich, dass es sich bei dieser Konferenz (die aus vielen bekannten Mitgliedern der IDS bestand) um etwas sehr Seltsames handelt, das weder von der Form noch vom Inhalt her als wissenschaftlich gelten kann (wie in einem Vortrag gesagt wurde – »Literaturwissenschaft um der Literaturwissenschaft willen ist sinnlos«). Ich habe die Organisatoren gar nicht erst gefragt, ob meine Arbeit im Sammelband veröffentlicht werden kann, weil die Antwort voraussehbar und die Atmosphäre sehr angespannt war.

Was denken Sie darüber? Denken Sie, dass es sinnvoll ist, prinzipiell an dieser Konferenz weiter teilzunehmen und Literaturwissenschaft reinzubringen?

Vielen Dank!

Herzlich
Ksenia Lindau

27.

Sie sind überall, meine ich, neben mir, über mir, unter mir, ich höre sie im Bad, sehe sie auf dem Balkon, spüre sie im Schlafzimmer, sie kommen in den Flur oder laufen die Treppen runter oder hocken im Keller und schauen mich an. Es sind mir zu viele, ich kann sie nicht vertragen, nicht anschauen, ohne sie würde ich anders, ganz anders leben. Ohne sie würde ich laute, dunkle Musik bei offenen Fenstern hören, vor Glück weinen, mich von allen Seiten tätowieren lassen, die Augen schwarz malen, so den Müll rausbringen; vom Hof würde ich mir obdachlose Katzen nach Hause holen, die sich als tollwütig herausstellen, die Wände ankreischen, ihre Geschäfte im öffentlichen Flur verrichten; ich würde Gäste zu mir einladen, wie würden wir tanzen, nächtelang durch, in weiten samtenen Kleidern. Ohne sie würde ich nachts in den Wald gehen, der vom Balkon aus zu sehen ist, dort einen Wolf einfangen, zu mir nach Hause bringen, er würde mir die Hände ablecken, wenn ich ihm Fleischstücke bringe, mich aus jedem Zimmer beobachten, in meinem Bett an meiner Seite schlafen. Ohne sie würde ich aufhören, die Treppen zu wischen, die Fenster zu polieren, an den Wänden zurück zu klopfen, würde Riesenbambus auf den Fensterbänken züchten, alle Höflichkeitsformeln vergessen, Unfall- und Stolpergefahren verursachen, meine Schuhe vor der Tür stehen lassen.

28.

Samstags kam dann also jemand mit Auto, lud einen Berg an Zeitungen auf der Straße vor der Haustür ab, wir gingen runter, trugen sie in den Innenhof, jeweils zwanzig Stück mit einem weißen Plastikband zusammengebunden, vierhundertsechzig insgesamt, holten eine gelbe Netto-Tasche mit Rädern (Nur echt mit dem Scottie), füllten sie mit den Zeitungen, gingen die Straße entlang, dann die nächste, bis die Tasche leer wurde, merkten uns den Namen auf dem nächsten Briefkasten, liefen nach Hause, packten die Tasche, gingen zurück. Je mehr Zeitungen reinpassten, desto schneller wurden wir fertig. Die frische Druckertinte und die Plastikbänder hinterließen Spuren an den Händen, der Nagellack splitterte ab, trotz der Handschuhe, und abends gingen wir immer zu Oma und Opa, ich versuchte davor noch schnell die Nägel in Ordnung zu bringen, sauber zu kriegen, für Nagellack war keine Zeit mehr. Auf dem Weg zur Straßenbahnhaltestelle warf ich die restlichen Zeitungen ein, zwei, drei Stapel blieben übrig, ich warf sie am nächsten Tag in den Altpapiercontainer im Innenhof und etwas anderes darüber, damit keiner mitbekam, dass ich unzuverlässig arbeitete. Es gab Leute, die wollten gar keine kostenlosen Zeitungen, es gab welche, denen war es egal, einige warteten den ganzen Samstag über auf die Werbeprospekte, den eigentlichen Inhalt der Zeitungen, und riefen in der Redaktion an, um sich zu beschweren, dass sie wieder keine bekommen hätten, die Redaktion rief meinen Chef an, er schrieb mir eine Ermahnung. Das Geld wurde aufs Konto überwiesen, Mutter gab einen Teil an mich, einen Teil an meinen Bruder, der mitgeholfen hatte, einen Teil legte sie zurück, falls das Sozialamt es zurückfordern sollte, falls eine Einkommensgrenze überschritten wurde. Einmal, am Anfang, verliefen wir uns, suchten nach einer Straße, die zum Verteilergebiet gehörte, es dämmerte schon, wir standen dem Haus der alten Raja gegenüber, wo montags das Gruppenstudium, wussten nicht mehr weiter, da kam ein Mann aus der Dunkelheit auf uns zu, ein kahlköpfiger, fragte lächelnd, was wir hier suchten, und ich erinnerte mich, dass montags, auf dem Rückweg nach Hause, in dieser Straße, in der ganzen Straße Nazimusik zu hören gewesen war aus den offenen Fenstern des leerstehenden Hauses, vor dem wir gerade standen, ausgerechnet, ich zog meinen Bruder vorsichtig am Ärmel, wir schlichen uns zurück, fanden die Straße nicht.

29.

Die russischsprachige Gemeinde war dem Paradies näher als die deutsche, jedes ihrer erwachsenen Mitglieder hatte einen Umzug in ein Land hinter sich, das Schutz, Sicherheit, ebene Straßen, Fahrpläne an Bushaltestellen und lebenslangen Unterhalt bot.

Deutschrussische, jüdische, ukrainische, kasachische Migranten und Spätaussiedler waren bereit, an die göttliche Herrschaft auf Erden zu glauben, weil sie mit eigenen Augen gesehen hatten, wie viel selbst eine weltliche Herrschaft bewirken konnte. Oma und Opa brauchten keine weitere Neue Welt und nahmen das kleine ostdeutsche Städtchen, das ihnen bei der Einreise zugewiesen worden war, zufrieden als ihre letzte Station an. Die Zweizimmerwohnung im Plattenbauviertel am Stadtrand, für die sie nichts bezahlen mussten, war ein Wunder, die günstigen Möbel aus einem Sozialkaufhaus, sie richteten sich schnell ein, kauften einen Fernseher, dann einen Flachbildschirm. Solange Opa am Leben war, mit der Fernbedienung auf seinem Platz auf dem Sofa saß, Oma in ihrem Sessel daneben einschlief, solange es Frühstücksbrötchen für fünfzehn Cent pro Stück beim Discounter gab, kostenlose Ärzte, solange die Nachrichten im russischen Fernsehen furchtbar und aufregend genug waren, schien Deutschland eine paradiesische Insel zu sein.

30.

Ich hatte nie schöne Freundinnen, schon seit der Schulzeit. Die wenigen, mit denen ich befreundet war, brachten mindestens zwanzig Kilogramm mehr als ich auf die Waage, rasierten sich nicht die Beine, schminkten sich nicht oder nur selten, sie machten mich nicht nervös, ich brauchte keinen Blickkontakt mit ihnen zu vermeiden, sie schufen mir keine neuen Komplexe. Als Teenager achtete ich streng auf meine Ernährung, mied Butter, kaufte fettreduzierte Joghurts und aß am Abend eine Kiwi. Später lockerte ich die Kontrolle, das heißt, ich aß mehr, aber es blieben immer Dinge, die ich nicht essen wollte, aus psychologischen Gründen. Für meine Eltern galt Schlankheit als ein Zeichen von Gesundheit und Schönheit. Meine Mutter bekam die Bewegung

Gesunde Ernährung mit und kochte immer fader und kalorienärmer, verhängte irgendwann ein Verbot über Schweinefleisch, wir aßen nie in der Schule zu Mittag, immer zu Hause. Die neuartige Essensideologie meiner Eltern war wahrscheinlich ein Kompromiss mit ihrer deutschen Umgebung, die auf Vollkornnudeln mit Gemüse aus eigenem Anbau stand. So wurden sie ein Stück deutscher, bewahrten aber ihre sowjetisch-moralischen Werte – und meine Mutter war immer noch davon überzeugt, dass alle bekannten Künstler und Wissenschaftler Juden seien.

Mit vierundzwanzig Jahren entdeckte ich meinen Körper neu, als er plötzlich zu einem Frauenkörper wurde. Ich hatte auf einmal einen Körper, der sich groß und fest anfühlte, ich spürte ihn nicht überall, er dehnte sich aus und wurde fast unheimlich, mein Körper hatte schon ein Kind ausgetragen und gestillt und war mir einfach zu groß, von innen gesehen, denn wie er von außen aussah, wusste ich nicht und konnte es nicht bewerten. Ich hatte den Eindruck, dass meine Schultern breiter und größer geworden waren, und ich versteckte mich irgendwo zwischen diesen Schultern, überlegte, wie ich am besten vorgehen sollte – abwarten und beobachten oder abnehmen. Mein Mann war dabei ein notwendiger Zeuge – nicht meiner Existenz, sondern meines Körpers, wenn mein Körper mit seinem zusammentraf, konnte ich endlich die Grenzen meines weiten Körpers spüren, und es beruhigte mich, nicht unendlich zu sein.

31.

Die Frau schaut ihren kleinen Sohn zornig an und wiederholt die Frage. Er schaut auf den Boden, lächelt und schweigt. Sie wiederholt die Frage lauter, dann noch lauter. Er zuckt zusammen und schweigt. Sie holt tief Luft, schlägt mit der Hand auf den Tisch, ruft etwas Unverständliches und stürzt hinaus.

32.

Älteste	Männer von gehobener Autorität, die für die geistige Führung innerhalb der Gemeinde verantwortlich sind.
Bethel	Hebr. »Haus Gottes«. Örtliches Koordinations- und Druckerzentrum mit Aufsichtsfunktion über die Gemeindeältesten.
Bethelfamilie	Gemeinschaft der Arbeiter, die im Bethel unentgeltlich Übersetzung, Satz, Druck usw. der Literatur übernehmen.
Bezirksaufseher	Seit 2014 eingestellt, stelle ich fest.
Böses System der Dinge	Gegenwärtige, weltliche Zeit von Satans Herrschaft, die durch Gottes Königreich auf Erden abgelöst werden wird.
Der Treue und Verständige Sklave	Auch Leitende Körperschaft; ein hauptverantwortliches Komitee aus alten Männern, deren Autorität von Christus übertragen wurde, Sitz in New York.
Dienstamtgehilfe	Männer von gehobener Autorität, die den Ältesten in praktischen organisatorischen Aufgaben behilflich sind.
Familienoberhaupt	Ein Mann, der in Nachahmung Christi die geistige Führungsrolle über seine Ehefrau und Kinder übernimmt.

Gebiet	Territoriale Einheit im Predigtdienst, die einem Verkündiger oder einer Gruppe zugewiesen wird.
Geistige Reife	Fortschritt eines Verkündigers innerhalb der theokratischen Hierarchie bzw. das Vermögen, Entscheidungen im Einklang mit den Lehren der Organisation zu treffen.
Gemein-schaftsent-zug	Disziplinäre Maßnahme (z. B. bei nicht bereuten schweren Sünden, geistiger Abtrünnigkeit), Aussetzung aller Kontakte mit der betroffenen Person.
Getaufte Verkündiger	Männer und Frauen, die sich nach einer mündlichen Prüfung auf einem Kongress taufen lassen und vollwertige Mitglieder der Gemeinde werden. Ein Austritt aus der Organisation hat Gemeinschaftsentzug zur Folge.
Heiliger Geist	Unsichtbare heilige Kraft Gottes, die der Abfassung und dem Verständnis der Bibel und der Literatur der Zeugen Jehovas dient.
Königreichs-saal	Meist selbstgebautes Gebäude für geistige Zusammenkünfte.
Kongress	Ein- bis mehrtägige feierliche Zusammenkunft von mehreren Gemeinden mit vielstündigem Programm, verbunden mit der Ankündigung neuer Publikationen, Vorträgen von Vertretern der Leitenden Körperschaft u. Ä.
Kreisauf-seher	Vom lokalen Bethel ernannte Männer, die die Gemeinden innerhalb eines ihnen zugewiesenen Territoriums zweimal im Jahr besuchen und die Arbeit der Gemeindeältesten kontrollieren.

Missionare	Sonderverkündiger, die vom zentralen Bethel ernannt und vom jeweiligen Komitee eines lokalen Bethels in Gebiete geschickt werden, in denen Bedarf an Verkündigern besteht.
Porneia	Griech.; alle unerlaubten sexuellen Beziehungen, z. B. intime Handlungen vor der Ehe.
Predigtdienst	Verbreitung der biblischen Lehren bzw. der Literatur der Organisation, vorzugsweise von Haus zu Haus. Eine rhetorische Vorbereitung findet während der Versammlungen statt.
Predigtdienstbericht	Monatlicher Bericht jedes Verkündigers über die Gesamtzahl der abgegebenen Publikationen, Rückbesuche, Predigtdienstzeit in vollen Stunden u. Ä. (Dazu zählt z. T. auch das Familienstudium mit eigenen Kindern.)
Theokratie	Eine auf die himmlische zurückgeführte hierarchische Ordnung innerhalb der Organisation.
Ungetaufte Verkündiger	Männer und Frauen, die nach einer mündlichen Prüfung offiziell zu predigen anfangen. Sie können nicht ausgeschlossen werden; wenn sie ihren Status verlieren, ist im Umgang mit ihnen Vorsicht walten zu lassen.
Untätiger	Ein geistig inaktiv gewordener getaufter Verkündiger.
Versammlung	Gemeinde bzw. Gemeindetreffen.
Wiederaufnahme	Die Möglichkeit, eine aus der Organisation ausgetretene oder ausgeschlossene, aber bereuende Person nach Antrag zurückkehren zu lassen.

s. auch:
https://www.jw.org/de/bibliothek/buecher/bibel-worterklaerungen/
https://www.jw.org/de/bibliothek/buecher/Organisiert-Jehovas-Willen-zu-tun/ *(Diese Veröffentlichung ist für den internen Gebrauch gedacht und wird nur für Versammlungen der Zeugen Jehovas zur Verfügung gestellt. Sie ist nicht für die Öffentlichkeit gedacht.)*

33.

Mutter beschwerte sich beim Kreisaufseher über die unverständlichen Bücher, die ich las, darüber, dass ich mich nur für Klamotten interessierte und Aussehen. Der Kreisaufseher verabredete sich mit mir zum Predigtdienst und wir gingen am Samstagmorgen zusammen durch das zugewiesene Gebiet, schöne, verschlafene Altstadthäuser am Teich. Der Kreisaufseher interessierte sich für besonders gute oder besonders hilfsbedürftige Brüder und Schwestern, und ich wusste, dass ich zu Letzteren gehörte. Er holte weit aus, erzählte, wie er als Jugendlicher gar Metal-Musik gehört habe, bis die geistige Reife kam. Ich nahm es ihm nicht ab, bohrte nach, warum er aufgehört habe damit, warum Metal schlecht sein solle, und er fragte, was denn gut sei daran, und wie immer konnte er gute Musik, gute Kleidung, gute Bücher nur als Verzicht anführen, der leicht fiele ab einem gewissen Grad an geistiger Reife. Wir gingen zum Teich zurück, warteten am Ufer auf die anderen Verkündiger, um uns neu aufzuteilen, und er fing damit an, dass meine Mutter sich bei ihm beschwert habe, und ich sah, dass er mich beobachtete, und keinen Beweis dafür finden konnte, dass ich mich für Klamotten und Aussehen interessierte, ich hatte meinen roten knielangen Polyesterrock mit irgendeinem chinesischen Muster an und ein altes T-Shirt, eine billige Kunstledertasche, die ich mir vom ersparten und manchmal auch gestohlenen Kleingeld gekauft hatte, dann wanderte sein Blick weiter und er entschloss sich, die Sandalen (alt, aber aus echtem rotem Leder) zu wählen. Meine Frau interessiert sich auch für Schuhe, sagte er, Das ist schon interessant, sich für Schuhe zu interessieren. Ich schämte mich für meine abgeriebenen Sandalen, für Mutter, der ein Nietzsche-Buch Angst machte und die mir kein Geld für eine neue Tasche gab, für die Unbeholfenheit des Kreisaufsehers, der weder Mutter noch mir zu glauben schien, dafür, dass ich Nietzsche so gut wie nicht verstand, dass mein Rock so lang und schäbig war, vor allem schämte ich mich dafür, dass ich den Vorwürfen, die gegen mich erhoben wurden, nicht einmal entsprechen konnte.

34.

Mutter hatte meinem Bruder ihre schlechten Zähne vererbt, ich hatte die guten von Vater, bei mir musste nie gebohrt werden. Deshalb war ich völlig ruhig, und Mutter blieb im Treppenhaus stehen, betete mit uns, damit alles gut ging und schmerzfrei, ich fand die Vorstellung albern, dass sich Gott um unsere Zahnarzttermine kümmerte.

35.

Ein Brief kam an, ein Zertifikat, dass Ksenia Lindau zu den fünfzehn besten jungen Autorinnen gehörte, die zum Schreibworkshop des Verbands deutscher Schriftsteller am Wannsee eingeladen wurden, gefördert durchs Ministerium für Kultur und Medien, zu große Begriffe für mich, es hieß, dass ich gewonnen hatte und eingeladen wurde. Ich brauchte Geld für die Hin- und Rückfahrt, es hieß zwar, dass alle Kosten übernommen wurden, aber nicht im Voraus offensichtlich, und ich brauchte Geld für zwei Tickets, selbst mit einer Mitfahrgelegenheit, ich hatte drei Euro und brauchte mindestens zwanzig, ich zeigte den Brief, Mutter glaubte nicht, dass jemand das Geld zurückzahlen, dass jemand sich damit beschäftigen würde. Ich rief beim Verband an, fragte, ob ich das Geld für die Zugtickets im Voraus haben könnte, das konnte ich nicht. Ich durchsuchte den Flur, die Möbel nach liegen gelassenen, vergessenen Münzen, ab und zu lag ein Einkaufseuro da, den ich zuerst unter die Taschen schob, ein paar Tage abwartete, ob jemand den Verlust bemerkte, dann an mich nahm. Aber der Euro war vor Kurzem durch einen Plastikchip ersetzt worden, für den sich nichts kaufen ließ, keine Münze war vergessen worden, Geld befand sich nur im Portmonee in Mutters Tasche, da kam ich nicht ran und außerdem wäre es Diebstahl. Also wartete ich, bis alle einkaufen gingen, schaute vorsichtig in den Jackentaschen im Flur nach, ob sich da vielleicht ein Euro, einen fand ich in meiner eigenen Jacke, wunderte mich über den Zufall, aber mehr war nicht drin. Abends gingen wir zu Oma und Opa, Oma steckte uns beim Abschied manchmal heimlich ein paar Münzen zu, aber diesmal nicht, und wenn ich älter gewesen wäre und erfahrener, wären mir andere Wege eingefallen, an die sechzehn Euro zu kommen und zum ersten Mal richtiger Schriftsteller zu sein, hätte Oma wenigstens direkt gefragt oder etwas bei Ebay verkauft, Bücher oder ein Schmuckkästchen oder getragene Unterwäsche, wobei ich kein Internet hatte und mir nichts persönlich gehörte von den Sachen zu Hause, ich hatte ja keine Ahnung –

36.

Antworten auf 10 Fragen junger Leute
https://www.jw.org/de/bibliothek/buecher/teenager-fragen/wie-kann-ich-zu-sex-nein-sagen/

WAS DENKST DU?

- *Würde jemand, der dich wirklich liebt, riskieren, dass du emotional oder sonst irgendwie Schaden nimmst?*
- *Würde jemand, dem wirklich etwas an dir liegt, von dir verlangen, dein Verhältnis zu Gott aufs Spiel zu setzen? (Hebräer 13:4).*

FÜR MÄDCHEN

Einige Jungs sagen, dass sie nie ein Mädchen heiraten würden, mit dem sie geschlafen haben. Warum nicht? Weil sie lieber jemand hätten, der noch Jungfrau ist.

Überrascht dich das? Oder ärgert dich das sogar? Dann überleg doch mal: In Filmen und Serien wird Sex zwischen Teenagern idealisiert und als harmloser Spaß oder sogar als die wahre Liebe dargestellt.

Fall nicht darauf herein! Wer dich zum Sex überreden will, dem geht es nur um sich selbst (1. Korinther 13:4,5).

[…]

TIPPS

Will dich jemand zum Sex überreden und sagt: »Wenn du mich liebst, tust du das für mich«, dann antworte entschieden: »Wenn du mich liebst, verlang so was nicht von mir!«

Hier ein Merksatz für dein Verhalten gegenüber Jungen beziehungsweise Mädchen: Wenn deine Eltern etwas nicht mitbekommen sollen, dann lass es lieber bleiben.

37.

3.5.2004

Liebe Ksenia,

Wie geht es dir? Was macht die Schule? Was machen die geistigen Dinge?
Bei mir im College ist alles ok.!
Und in geistiger Hinsicht sind mir richtige Flügel gewachsen. Am 25. März habe ich mich taufen lassen und mein Leben Jehova gewidmet! Und seit April habe ich mit Hilfspionierdienst angefangen, ich hoffe, dass ich es schaffe! ☺
Beim Bezirkskongress gab es sehr viele interessante Gedanken. Und ein Bruder, Stanislav Birgau, hat so ein Beispiel angeführt: Vor der Taufe ähnelt der Mensch einer Raupe, und nach der Taufe einem Schmetterling, da Schmetterling und Raupe dieselbe Person sind, und die Raupe ein neues Wesen annimmt, sich in den Schmetterling verwandelt.
Also jetzt bin ich ein Schmetterling, muss aber weiter geistig wachsen, damit die Flügel größer und schöner werden. ☆

In der Versammlung habe ich eine Freundin, die mir hilft, geistig zu wachsen, und ich helfe ihr auch, wir unterstützen und erbauen einander, und verbringen auch einfach die Zeit zusammen. ☺
Ich habe so viele geistige Ziele!
Ich will den Hilfspionierdienst auch im August nehmen, und später nochmal irgendwann.
Dann werde ich das College beenden und dann, wenn es mit dem Hilfspionierdienst klappt, will ich allgemeiner Pionier werden.
Dann gibt es noch zwei Schwestern (vielleicht kennst du sie, Popova, Katja und Antipova, Olja), wir wollen zusammen irgendwohin umziehen, wo es Bedarf gibt nach Verkündigern (es gibt hier so viel Bedarf, schlimm).
Und natürlich der Bethel – schon lange mein Traum!
Das war so das Neue in diesem Jahr, langsam wachse ich! ☺
Ich hoffe, wir sehen uns nächsten Sommer!

Tschüss!

P.S. Schreib mir bitte deine geistigen Ziele (wenn es kein Geheimnis ist). ☺
Grüß alle!

Vielen Dank für das Geschenk!!!

Übrigens, im April hab ich den Pionierdienst geschafft!

[Auf der Postkarte im Umschlag: Russisches Zweigbüro der Zeugen Jehovas]

38.

Mutter war traurig, beleidigt, enttäuscht von allem und uns insbesondere, sie lag auf dem Bett im halbdunklen, schlecht durchlüfteten Schlafzimmer, bereitete kein Abendbrot zu. Wir schlichen auf Zehenspitzen durch die Wohnung, durch die ganze Ordnung, nach Größen sortierte Bücher auf unseren Regalen, Rand an Rand gestapelte Schuhkartons in der Abstellkammer, in dieselbe Richtung gedrehte Putzmittelflaschen unter dem Waschbecken in der Küche, das ganze System an Regeln (beim Reingehen die Hände waschen und den Schulranzen abwischen, zu Hause Fleecejacke und Jogginghosen tragen, nach dem Duschen keine Wasserspuren hinterlassen) drohte zusammenzubrechen, und wir schlichen uns vorsichtig vom Kinderzimmer in die Küche, vom Kinderzimmer ins Bad und zurück. Vater kam rein und bat leise, dass wir uns bei Mutter entschuldigten, weder er noch wir wussten genau wofür, aber wir schlichen auf Zehenspitzen ins Schlafzimmer, durch die halboffene Tür, sagten etwas, schlichen uns wieder zurück, Mutter schwieg, stand später auf, und am nächsten Tag gab es Spaghetti mit Käse zu Mittag.

39.

Wenn ich unsterblich wäre, könnte ich mir Fehler zugestehen, so aber läuft die Zeit davon, zerrinnt mir zwischen den Fingern, und bald schon werde ich nicht schön sein und werde meinen immer fauler werdenden Körper durch einwandfreie teure Kleidung, Botoxinjektionen und Bleaching regelmäßig aufrechterhalten müssen, und wer weiß, ob ich das Geld dazu haben werde, ob ich noch einen Mann haben werde, mit gutem Verdienst und oder Eigentum, ob ich das alles alleine bezahlen kann, ob meine

Ersparnisse, bislang hundertdreißig Euro auf dem Extra-Konto und hundertfünfzehn im weißen Briefumschlag, eingeklemmt zwischen Benn und »Einführung in die Mediävistik«, für all das reichen werden.

40.

Meine Eltern wussten nichts von meiner ersten Liebe. Es war die Zeit, in der ich alle möglichen Gebote übertrat und mich für ein Studium in einer anderen Stadt eingeschrieben hatte. Sie sahen wohl ein, dass ich sie verließ und daran nichts mehr zu ändern sei, also fragten sie nicht nach Dingen, in die sie sich hätten einmischen müssen, sie wollten nicht wissen, wo ich abends gewesen war und wo ich übernachtet hatte. Ich fand es gut, aber ich wollte mit irgendwem darüber reden, über die Unerträglichkeit meiner ersten Liebe. Als ich zum Studium in die andere Stadt umzog, fuhr ich jedes Wochenende zu meinen Eltern, in Wirklichkeit tat ich es, um mich mit Georgij zu treffen. Wenn meine Mitbewohnerin über die Semesterferien wegfuhr, besuchte er mich im Wohnheim, und ich freute mich riesig, ihn zu sehen, deckte den Tisch, zündete Kerzen an und schämte mich, wenn er seinen Mercedes vor dem Studentenwohnheim parkte. Einmal fuhr ich zu meinen Eltern, um mich mit Georgij zu treffen, und er hatte es vergessen, denn als wir uns verabredet hatten, war er etwas angetrunken. Ich rief ihn an, fünfmal, zehnmal, er ging nicht ran, ich überlegte, das Krankenhaus anzurufen, vielleicht war ihm etwas passiert und ich würde es gar nicht erfahren, merkte aber, dass ich seinen Nachnamen nicht wusste und mir beim Vornamen auch nicht ganz sicher war. Ich fuhr am gleichen Tag wieder zurück, was meine Eltern verwunderte, und als ich am nächsten Tag unter der Dusche stand und meinen nackten dünnen Körper betrachtete, verstand ich plötzlich, dass ich einsam war. Es war eine riesige Einsamkeit, die ich in mir trug, die sich durch Georgij ausbreitete wie ein schwarzes Loch, und ich schwor feierlich, nie wieder so einsam sein zu wollen. Das war der Schwur der Scarlett O'Hara, nie mehr zu hungern, ein großartiges Versprechen.

41.

Anait, die Frau eines unserer drei Ältesten der russischen Gemeinde, lernte Maniküre. Sie lud mich ein, um mir die Nägel zu machen und über meine geistige Entwicklung zu sprechen, bei ihnen zu Hause roch es so armenisch, würzig-süßlich, nach gebratenem Fleisch und großem Mandelgebäck. Ich mochte diesen Geruch, ihre großen Augen, ihre vielen Nagellackfläschchen, ließ mir die Nägel machen (nicht sehr gut, aber besser als ich sie mir machte) und schämte mich ein bisschen dafür, im Gegenzug nichts zu versprechen, die Maniküre als kostenlose Maniküre zu missbrauchen, und abends zeigte ich die schwarz-weiß-karierten Nägel stolz Georgij vor.

Als ich einige Monate später am Wochenende nach Hause fuhr, wollte ich diesen Ältesten anrufen. Ich nahm das Telefon und versteckte mich im Wohnzimmer hinter dem Sofa, dort gab es eine Stelle, an der wir uns als Kinder immer versteckt hatten, uns geheime Höhlen gebaut, Anait nahm den Hörer ab, ich wollte ihren Mann sprechen, sie verstand sofort, worum es ging, und sagte, Überleg es dir bitte, reichte aber den Hörer weiter und ich bat ihren Mann um ein Gespräch. Ich weiß nicht, warum ich ausgerechnet von zu Hause, ausgerechnet vom Festnetz aus anrufen musste, es wäre insgeheim, vom Handy, von der Straße aus gegangen, und natürlich sah meine Mutter auf dem Display den gespeicherten Kontakt. Jetzt wird Vater nie Ältester, sagte sie, und Vater sagte, Das will ich auch nicht, und ich dachte, dass es gut war, dass ich mich nicht hatte taufen lassen, sonst wäre ich ein Abtrünniger, eine schlimme Person, und eine Zeit lang wollte ich mich ja taufen lassen, als eine Freundin sich taufen ließ, sie war älter als ich, trat später wieder aus, verschwand, und bei mir war alles viel einfacher, weil es die letzten Jahre klar geworden war, dass es mit mir so enden müsste.

Es wurden dann zwei Älteste, ich kannte sie gut, besonders den Jüngeren, war als Kind eifersüchtig auf seine geheimnisvolle Braut, die er sich nicht getraut hatte zu heiraten. Ich bereitete Notizen, Stichworte, Argumente vor, alles durchdekliniert und ausgelitten, die Ältesten staunten, aber es waren alles wieder nur Verzichte, die leicht fallen würden ab einem gewissen Grad an geistiger Reife. Aus Protest zog ich zum Gespräch meinen kürzesten Rock an, aber im Sitzen, auf dem Sofa, wurde er zu kurz, und ich legte meine Notizen auf die Knie und bereitete mich umsonst auf einen tiefsinnigen Disput vor.

42.

Kinder, die sich entschieden, die Organisation zu verlassen, meist zur Volljährigkeit, bereiteten ihren Eltern nicht nur peinliche Momente, stellten sie nicht nur als versagende Erzieher bloß, diese Kinder entschieden sich für eine Welt, die von Satan regiert wurde, sie verzichteten auf das ewige Leben.

Und dieses ewige Leben war schön, farbenprächtig, inmitten von Obstkörben, Gartentischen, blühenden Wiesen und Bergen. Kinder aller Ethnien lachten, spielten im Laub, rannten an Seeufern entlang, hatten keine Angst vor wilden Tieren, streichelten Tiger und Jaguare, spielten mit Schlangen und ritten auf Elefanten. Ihre Eltern arbeiteten im Garten, sammelten Himbeeren, schauten ruhig und zärtlich oder aber umarmten ihre auferstandene kleine Tochter, daneben andere Gerechte, die vor Glück erstarrten, ihre Verstorbenen wiedersahen. Die Familienväter und

Söhne trugen glattgebügelte Hemden, die Frauen und Töchter trugen lange Röcke oder Kleider, akkurat und sauber, als ob sie beim Predigtdienst von der Schlacht von Harmagedon überrascht worden wären und jetzt zusammen, Hand in Hand, das versprochene gelobte Land beträten. *Bald werden Angst und Leid vergehn, Verstorbene werden auferstehn.* Im Paradies konnte jeder endlich seinen Talenten, seinen kleinen unerfüllten Träumen nachgehen, Vater wollte ein Musikinstrument lernen, Mutter bereitete sich auf Gartenarbeit und ein eigenes Haus vor. Im Paradies stand die Zeit nicht still, aber keiner brauchte mehr zu sterben. Vielleicht wird es neue Planeten geben, sagte Vater, Neue Siedlungsräume. Die alte Raja, die mit fünfundsiebzig nach Deutschland gekommen war, wartete darauf, ihren Mann wiederzusehen, sie litt an allen Erkrankungen des Atmungssystems, ließ sich aber zweimal die Woche zur Versammlung fahren, um sich auf ihren Stammplatz zu setzen, sich zu melden und eine Frage aus dem Wachtturm zu beantworten. Ein junges Paar entschied sich, erst später, im Paradies, Kinder zu bekommen, um bis dahin als Pioniere zu dienen. Über die Familie, die ein eigenes Haus auf dem Land zu bauen begann, wurde hinter ihrem Rücken getuschelt, sie würde nicht so recht an das Ende der Dinge glauben, ebenso über junge Leute, die studieren wollten, statt einen nützlichen Beruf zu lernen, im Königreichssaal auszuhelfen, also eigentlich nur über mich. Die Kongresse wurden zu kleinen vorläufigen Paradiesen erklärt, wenn hunderte Brüder und Schwestern sich versammelten, um geistige Nahrung des Treuen und Verständigen Sklaven zu empfangen. Nach den Kongressen wurden Dankesbriefe veröffentlicht und Interviews mit Passanten, die sich von der freundlichen Atmosphäre beeindruckt zeigten.

Und dann diese Kinder, die auf das ewige Leben verzichteten, sie glichen pubertären Selbstmördern, die mit allen Mitteln aufgehalten werden mussten, die Mittel versagten, die Eltern stellten eine Fotografie in ihrem Schlafzimmer auf, die Kinder bei einem Kongress, klein, unbeholfen, in Anzügen, Blusen, Röcken, es konnte nicht umsonst gewesen sein, sie jahrelang in der Wahrheit erzogen zu haben. Bei einem Kongress, in der Nähe von Duisburg, übernachteten wir bei einem deutschen Paar, und abends, als wir Kartoffeltaschen mit Salat gegessen hatten und mit den Gesprächen anfingen, erwähnte die Frau, dass ihre Kinder, alle drei, die Wahrheit verlassen hätten, und sie begann plötzlich bitterlich zu weinen, mit dem Oberkörper hin und her zu schaukeln, und Mutter sagte, Das kann ich verstehen, und die Frau erwiderte, Nein, das kannst du nicht, aber jetzt, jetzt würden sie einander gut verstehen.

43.

Von einer Freundin in der Versammlung, wir waren gleich alt und hatten uns nebeneinander in die hinterste Reihe gesetzt, erfuhr ich die interessantesten Dinge, dass es bei ihnen zu Hause auch ganz anders zuginge als in der Versammlung, dass ihr älterer Bruder die Schule schwänze, zur Armee gehen wolle, sie zeigte mir kompromittierende Fotos und SMS, die bewiesen, dass eine Schwester aus der Versammlung ihrem Mann nicht ganz treu war, wir beschwerten uns über unser hartes Leben, und unser heimliches Getuschel war das Beste an den unzähligen Bibelstudien. Bei Kongressen präsentierten wir wie auf Modeschauen neue Kleidung, wenn wir zu Ehren des Anlasses welche bekamen, tauschten verschwörerische Blicke aus, und besuchten einander in der Mittagspause. Es war ein Balancieren am Rande des Verbotenen, Adrenalinkicks, kleine harmlose, aber prinzipielle Provokationen. Zusammen hätten wir vielleicht etwas bewirken können, kurz vor uns ist ein Mädchen ausgetreten, angeblich wohnte sie jetzt mit jemandem zusammen, wir wären dann schon drei, wenn es jemandem doch aufgefallen wäre, dass es doch Gründe haben müsste, wenn so wohlerzogene und hübsche Mädchen ihre Familien verließen. Ihr Bruder wollte später mal eine Zeugin heiraten, weil die nicht fremdgingen, im Gegensatz zu den anderen, den weltlichen, mit denen er wenig Erfahrung hatte, aber um eine Zeugin zu heiraten, eine Jungfrau, müsste er natürlich selbst ein Zeuge bleiben, er und andere gingen mit diesen Dingen entspannter um als ich, ich wollte ehrlichen direkten Krieg, keine Anpassungen und Doppeldeutigkeiten.

Im Laufe der Zeit erwies sich, dass meine Freundin mit ihren Eltern viel besser zurechtkam als ich mit meinen, nach einem abgebrochenen Studium kehrte sie zu ihrer Familie zurück, die auch wirklich sympathisch war auf gewisse Weise, auf weltliche Weise, und ich, ich begann gerade die spannende Welt von Panikattacken und Antidepressiva zu entdecken.

44.

Was ich gut kann, soll ich in der nächsten Zeile angeben, meine größte Stärke, was ich am besten kann, was ich überhaupt kann eigentlich, ich überlege, schreibe Verzichten, darin bin ich geübt, aushalten und verzichten und Selbstbeherrschung zeigen und überleben, es stimmt, ich habe nie zu Ende gelebt, bin nie wild geworden, habe mich geübt in Sparsamkeit und feinen Gesten und sanften Blicken, habe nie meine Eltern angeschrien, nie versucht mich umzubringen, habe versucht, zufrieden zu sein mit dem, was ich bekommen konnte an Kleidern und Freunden und Auswahl an Essen und jeglichen Möglichkeiten, konnte ich nicht am besten dasitzen als Kind in der Versammlung, zwei Stunden immer, still und ernst, bei Kongressen noch länger, acht Stunden vielleicht sogar, kann ich denn jetzt nicht jede Langeweile ertragen, aber es sieht seltsam aus, ein Wort nur und dahinter noch so viel Leerraum übrig, sie wollen bestimmt etwas anderes lesen von mir, also überlege ich, schreibe dahinter noch, Ausdauernd, ausdauernd verzichten.

45.

Mutter und Vater hatten keinen Balkon, aber einen Garten, einen gemieteten Kleingarten am kleinen See, man konnte am Ufer entlanggehen und irgendwann einen Weg nach links nehmen, zur Schule, oder auch weiter, zur Plattenbausiedlung von Oma und Opa. Dieser See verband alle Stationen, einmal wurde Oma im Rollstuhl in den Garten gebracht, aber nur kurz, denn der Garten war auf einem steilen Hang, immer bergauf, und eine geeignete Toilette gab es auch nicht. In mühevoller Arbeit sammelten und entsorgten sie den Müll, die Bierflaschen, die im Gras lagen, der Garten war zuvor von einem Alkoholiker als Rückzugsort genutzt und vom Verein fast für umsonst ausgeschrieben worden. Es war eine Arbeit, die auf die Zukunft vorbereitete, eine Säuberung der Erde, die Verwandlung eines Katastrophengebiets in einen blühenden früchtetragenden Garten. Im Anbau von Tomaten, Erdbeeren und Gurken lag ein ungewohnter Zauber, eine Rückkehr zum gelobten Land, zu sinnvoll gewordener, erquickender Arbeit. An ihren Früchten sollt ihr sie erkennen, und an ihrer Apfelernte, an den Eimern voller Erdbeeren erkannte man, dass sie fleißig und fanatisch waren.

Neue-Welt-Übersetzung der Heiligen Schrift. Markus 11:13ff, Selters/Taunus 1987.

> *Und aus einiger Entfernung erblickte er einen Feigenbaum, der Blätter hatte, und er ging hin, um zu sehen, ob er vielleicht etwas an ihm finde. Doch als er zu ihm hinkam, fand er nichts als Blätter, denn es war nicht die Zeit der Feigen. Da ergriff er das*

Wort und sprach zu ihm: »Niemand esse mehr Frucht von dir immerdar.« Und seine Jünger hörten es. […]
Doch als sie frühmorgens vorübergingen, sahen sie den Feigenbaum bereits von den Wurzeln an verdorrt. Da erinnerte sich Petrus und sagte zu ihm: »Rabbi, sieh, der Feigenbaum, den du verflucht hast, ist verdorrt.«
Und Jesus gab ihnen zur Antwort: »Habt Glauben an Gott. Wahrlich, ich sage euch: Wer immer zu diesem Berg spricht: ›Werde emporgehoben und ins Meer geworfen‹ und in seinem Herzen nicht zweifelt, sondern glaubt, daß das, was er sagt, geschehen wird, dem wird es widerfahren.
Darum sage ich euch: Alle Dinge, um die ihr betet und bittet, glaubt, daß ihr sie sozusagen empfangen habt, und ihr werdet sie haben. Und wenn ihr dasteht und betet, so vergebt, was immer ihr gegeneinander habt, damit euer Vater, der in den Himmeln ist, auch euch eure Verfehlungen vergebe.«

46.

Schöne Brautkleider für Schwangere
(Werbeanzeige)

Wir hatten uns im Internet kennengelernt, in einem Partnerschaftsvermittlungschat für Russen in Deutschland. Er war in Litauen von einer jüdischen Sowjetbürgerin geboren worden, hatte in Sankt Petersburg studiert und lebte seit zehn Jahren in Deutschland. Er sprach schlechter Deutsch als ich und war über die aktuellen Nachrichten in Russland informiert. Bei unserem ersten Treffen erzählte ich ihm über die Spinnen bei Dostoevskij, über die Ewigkeit als kleine Stube, schwarz vor Ruß, Spinnen in den Ecken, und er hörte mir geduldig zu, ich war damit sehr zufrieden. Sein Chatprofil hieß Lustmolch, wobei weder ich noch er wussten, was das Wort genau bedeutete. Ich verzichtete darauf, es bei Wikipedia einzugeben, und er hatte es bedenkenlos von seinem chinesischen Kollegen übernommen, der es ihm gegenüber im Sinne von lebensfroher, optimistischer Mensch gebrauchte. Einige Zeit später schlug ich ihm vor, ein Kind zu machen, und dann zogen wir zusammen.

47.

Opa [höchst erstaunt]: Wie, er isst nicht zu Hause Mittag?

Ich: Nein, er isst auf Arbeit, er geht zur Mensa in der Nähe und isst dort sein Mittag.

Opa: Und du, was isst du zu Mittag?

Ich: Ich gehe auch mit zur Mensa, oder kaufe mir was anderswo, oder koche mir manchmal was.

Opa [nachforschend]: Also kochst du dir doch was. Und warum kochst du deinem Mann nichts?

Ich: Weil er in der Mensa isst, und meistens koche ich mittags auch nichts, sondern gehe in die Mensa oder kaufe mir eine Suppe zum Mitnehmen.

Opa [ungläubig]: Suppe zum Mitnehmen? Wo gibt es denn sowas? Gibt es sowas bei euch?

Ich: Ja, gibt es. Das ist ganz praktisch.

Opa: Aber es ist doch besser, selber zu kochen.

Ich: Nein, kommt drauf an, ich koche ja auch manchmal, aber zu Mittag essen wir meist nicht zu Hause.

Opa [nachforschend]: Und was gibt es dann zu Hause zu essen?

Ich: Verschiedenes.

Opa: Na, zum Beispiel.

Ich: Spaghetti, also Nudeln.

Opa [schockiert]: Wie, Nudeln, nur Nudeln?

Ich: Ne, mit Parmesan, Tomaten und Oliven und Olivenöl und Gewürzen.

Opa: Ohne Fleisch?
Ich: Ohne Fleisch.
Opa [misstrauisch]: Nudeln sind doch eine Beilage, zum Hauptgericht, wo ist das eigentliche Essen?
Ich: Spaghetti sind auch ein Hauptgericht, man kann ja Fleisch oder Fisch oder Meeresfrüchte dazugeben, wenn man will.
Opa: Und machst du das?
Ich: Nee, ich mag es so.
[Opa schweigt, denkt, dass mein Mann sich bei diesem Essen bald von mir trennen wird, und versucht ein letztes Mal, der bevorstehenden Scheidung vorzubeugen.]
Opa: Nudeln sind aber kein Mittag.
Ich: Warum denn nicht.
Opa [vorsichtig]: Isst dein Mann denn das, was du kochst?
Ich: Wenn ich koche, dann isst er das schon, aber meistens essen wir ja nicht zu Hause.
Opa: Du solltest öfter kochen. Und richtiges Essen kochen. Dann kommt dein Mann auch nach Hause zum Mittagessen.

48.

Ich bin weder Frau noch Mann, will ich schreiben, aber die Tastatur ist gerade auf Kyrillisch gestellt und es kommt raus: Шср ишт цувук Ьфтт тщср Акфг. Ich drücke auf ALT SHIFT und schreibe den Satz neu. Es kommt heraus: Y zb veöxbzf zb ötzobzf. Ich schalte den Computer aus und gehe duschen. Es ist spät, der Wecker ist auf sechs gestellt, die Sachen für den nächsten Tag hängen auf dem Stuhl bereit, sorgfältig kombiniert und aufeinander abgestimmt, Kleid, Unterziehrock, Strumpfhosen, BH, Pullover, den Slip ziehe ich gleich nach dem Duschen an. Die Kosmetiktasche lasse ich im Flur liegen, morgen früh werde ich sie finden. Ich habe lange kein Peeling mehr benutzt am Po, fällt mir ein, und die Nägel sehen schon schlimm aus, lang, ungepflegt, der Nagellack ist halb abgeblättert, aber wenn ich sie jetzt lackiere, kann ich meine Füße nicht unter die Decke stecken, und es ist kalt in der Wohnung. Wenn ich sehr müde bin, muss ich mich übergeben, deshalb gehe ich rechtzeitig ins Bett, stehe am nächsten Morgen trotzdem unausgeschlafen auf und verfluche den Zwang, die Haare waschen, föhnen, frisieren zu müssen. Aber als ich schon im Flur meine neue, weiche, schöne Strumpfhose anziehe, freue ich mich, hole noch zum letzten Mal den Lippenstift hervor, und die Gewissheit, dass der Lippenstift zum Nagellack passt, bereitet mir nochmals eine ehrliche Freude.

49.

Wenn ich den Koffer für eine Reise packe, es werden meist zwei, verstehe ich den Wert der alltäglichen, scheinbar nutzlosen Sachen, die überall in der Wohnung, in den Schränken und Schubladen, auf Tischen und Regalen, in Tüten, unter dem Bett, mit und ohne Preisschilder verstreut sind. Jede einzelne könnte man gebrauchen, jede könnte in einer bestimmten Situation einen unschätzbaren Dienst erweisen, jede könnte vor Hitze, Kälte, Hunger, Durst, Müdigkeit, Langeweile, Depression oder einer Katastrophe retten. Was eine Tüte Gummibärchen bewirken kann, zum richtigen Zeitpunkt hervorgeholt – nur darf man nicht vergessen, die Gummibärchen in die Tasche zu packen, man muss planen und vorausschauen, jede große Tasche mit Wechselkleidung, Wasserflaschen und Süßigkeiten (für den Notfall, wenn es nicht mehr weitergeht) ist das Ergebnis einer sorgfältig durchdachten Strategie. Dank dieser Tasche kommen alle sauber, trocken und zufrieden wieder heim. An der Südküste Spaniens sind es gerade fünfundzwanzig Grad, Regenwahrscheinlichkeit ein Prozent für den gesamten Monat, aber es könnte trotzdem regnen, wenn dieses eine Prozent ausgerechnet auf die Woche fällt, in der wir anreisen. Der kleine Regenschirm ist leicht und faltbar, geht aber leicht kaputt bei Wind, der große Regenschirm passt nicht in den Koffer, man könnte ihn ins Handgepäck nehmen, darf man aber bestimmt nicht, wegen der Länge und überhaupt, wieso brauchen Sie einen Regenschirm im Flugzeug. Im Flugzeug kann es nass werden, theoretisch, auch wenn die Wahrscheinlichkeit da weniger als ein Prozent beträgt, wenn es im Flugzeug von der Decke tropft, hilft kein Regenschirm. Allerdings sind da noch diese Kombinationen, die mich verrückt machen, da sitze ich wirklich zehn, zwanzig, dreißig Minuten lang an einer Stelle und meditiere vor mich hin und kann mich nicht entscheiden, welche fünf Paar Schuhe (ich habe mir vorgenommen, nicht mehr als fünf mitzunehmen) passen zu welcher Kleidung und zu welchen Taschen und Jacken, es wird warm, kann aber auch kalt werden, welche Minimalkombinationen sind möglich, sodass zum Beispiel ein Paar Sandalen gleich zu mehreren Kleidern passt, das Gleiche dann bei Emil. Wenn es kühler wird, als es eigentlich sein sollte an der Südküste Spaniens zu dieser Zeit, und ich keine Sandalen anziehen kann, fallen die Kleider, die zu den Sandalen passen, automatisch weg – und ich habe nur die sechs anderen Kleider zur Auswahl, die für sieben Tage nicht reichen werden. Man könnte versuchen, die Sachen irgendwo zu waschen, zu einer Reinigung zu bringen, aber diese Möglichkeit ist so unsicher, dass ich sie lieber gar nicht in Betracht ziehe, als darauf zu vertrauen, dass es im Hotel eine Reinigung geben wird und sie meine Kleider nicht kaputtwäscht. Außerdem kann es immer vorkommen, dass beim Essen etwas ungeschickt runterfällt oder Wein oder Saft vom Glas tropft und einen Fleck an der Kleidung hinterlässt. In sieben Tagen essen wir mindestens einundzwanzig Mal, wahrscheinlich öfter, dann noch Tee und so zwischendurch, wenn ich wüsste, wie groß die Wahrscheinlichkeit ist, dass Emil kleckert, ich muss intuitiv handeln. Mein Unterbewusstsein sagt mir, alle

Sachen, die wir haben (außer den wirklich warmen aus Wolle). Ich bin meiner inneren Stimme gefolgt, ich triumphiere, es ist gelöst, es ist vollbracht, nur passt nichts anderes mehr rein. Wir müssen Prioritäten setzen, für den Strand können wir Handtücher aus dem Hotel schmuggeln, so ergibt sich Platz, eine neue Frage, eine neue Kombination. Für den Flug brauche ich meine große Tasche (großes Portmonee mit allen Ausweisen, Flugtickets, Wegbeschreibungen, Karte, Wasserflasche, eine Tüte, falls jemandem beim Flug schlecht wird, Handy, Ladegerät, Kosmetiktasche samt Inhalt, drei Tampons, nein, lieber vier, Kopfschmerztabletten, in der Originalpackung, falls sie mich fragen, was das für weiße Pillen sind, Handcreme, Nagelfeile, eine Strumpfhose zum Wechseln, wenn die, die ich anhabe, zerreißt, Wechselsachen für Emil, Spielzeug, eine Decke, mehr Spielzeug), aber später wird mir eine kleine Tasche reichen (das große Portmonee durch ein kleines ersetzen, nur den wichtigsten Teil der Kosmetik mitnehmen, Nagelfeile im Hotel lassen, die Tüte brauche ich dann auch wieder nicht, und um nicht die ganze Packung herumzuschleppen, schneide ich zwei Tabletten heraus). Also das zweite, kleine Portmonee nicht vergessen, eine zweite, kleinere Kosmetiktasche, eine Schere. Ich schlafe schlecht, gehe in Gedanken alle Kombinationen durch, erstelle Listen, ergänze sie, streiche Unnötiges durch oder überlege, ob es sich tatsächlich um Unnötiges oder um Wichtiges handelt. Das Wichtige zu Hause zu lassen, um es dann zu vermissen, und an einem fremden Ort ist man immer hilflos genug, das geht nicht, das sollte und kann ich vermeiden.

50.

Wir sind im Urlaub. Die Wohnung ist ungemütlich, die Matratzen unbequem, das Bett eng, das Sofa staubig, draußen ist es zu warm und zu windig und das erste Essen im ersten Restaurant, das wir in der Nähe finden, ist widerlich und unverschämt teuer. Ich kann nicht einschlafen, weine, fühle mich unglücklich und möchte mich in diesem Mittelmeer am liebsten ertränken. Es gibt kein Internet, keine Verbindung zur normalen, nichtmediterranen Welt. Hier wachsen Orangen auf den Bäumen und die Luft riecht süßlich. Allmählich gewöhne ich mich an die Nachbarskinder, die nachmittags im Garten Turnübungen machen und sehr nach Schweiß riechen, an die grell gekleideten, vollbusigen Frauen, an die schwarzhäutigen Verkäufer, die zwischen den Restauranttischen tanzen und mit Schlüsselanhängern und Armbändern klimpern, ich gewöhne mich an das schlechte Englisch der Kellner und meine eigene Sprachlosigkeit, Hilflosigkeit und Schwermut. Ich bin an dieser Küste in ein Vakuum eingeschlossen, ich kann nicht das machen, was ich sonst immer mache, jeden Tag, jede Bewegung muss gestoppt und nochmals überdacht werden, alle Gegenstände befinden sich an anderen Orten, an denen sie nichts zu suchen haben, und ich selbst bin an einem anderen Ort und es vermisst mich keiner. Wenn das Kind spät abends endlich schläft und wir uns in der verstaubten dunklen Wohnung lieben, kommen auf einmal gewohnte Gesten, Gerüche aus der alten Welt hoch, sie werden zu einem unveränderlichen Fixpunkt, auf den ich mich stützen kann, sie bedeuten Sicherheit, es gibt also etwas, das geblieben ist, es wird zu einer symbolischen Handlung, einem magischen Ritual der Geisterbeschwörung.

In den unzähligen chinesischen Läden am Strand kann man sich eine Sonnenbrille von Armani oder Gucci für glatte vier Euro kaufen. Wir kaufen dort nur Eis, immer das gleiche Eis von Nestlé, das überall auf der Welt zu kaufen ist, aber immer zu unterschiedlichem Preis, diesen Preis ist es nicht wert, es sind nur Wasser, Zucker, Saftkonzentrat und viele Stabilisatoren drin, aber wir kaufen es trotzdem immer, also hat es einen Sinn, und die Stabilisatoren auch.

Unser Kind will immer mehr Eis haben, zunächst eins am

Tag, dann zwei am Tag, dann zwei auf einmal und immer so fort, bis wir uns ausrechnen, dass es ein Eis in zehn Minuten isst und somit an einem Tag theoretisch viele hunderte Portionen verschlingen kann, diese exponentielle Entwicklung wird uns unheimlich und wir sagen ab und zu: Das reicht jetzt. Ich kann nichts dafür, dass ich Geld habe, ich habe einfach Glück, was das angeht, ich lebe im richtigen Land, am richtigen Ort zur richtigen Zeit, und die Verkäufer lachen über mich und wollen, dass ich etwas bei ihnen kaufe, ich will die goldbestickten Kosmetiktäschchen gar nicht und nehme trotzdem zwei Stück, warum lachen sie über mich. Indische, indisch-italienische, mexikanische, vietnamesisch-chinesische Restaurants, irische Pubs, britische Cafés, Frauen und Männer mit sonnenverbrannten, wunden Nacken, ich begreife nicht, wie die indisch-italienische Mesalliance zustande gekommen ist. Woher kommen Sie, schon das dritte Mal, wir zucken mit den Schultern, woher sollen wir das wissen, es dauert lange, unser Nationalitätengewirr mit seinen Ursprüngen, Strängen und Verflechtungen zu erklären, wir entscheiden uns spontan für eine knappe Bezeichnung von mehreren möglichen, die gerade am meisten passt, dann sind die Leute zufrieden und nicken. Vor einem Restaurant, auf einer Straße, steht immer die gleiche Frau mit langen orangen Haaren, in einem rosa T-Shirt, eine furchtbare Kombination, Rothaarige dürfen kein Rosa tragen, das weiß doch jede normale Frau, aber jedenfalls spricht sie uns auf Russisch an, wenn wir an ihr vorbeigehen, anscheinend denkt sie, dass wir so gerührt sind, dass wir in Spanien auf Russisch angeredet werden, dass wir gleich in das Restaurant hineinstürmen und uns jeweils dreimal Paella, drei natural zumo del naranja und unzählige Tapas bestellen. Wir ignorieren sie, gehen schweigend die Straße hoch, vermeiden Blickkontakt, aber sie spricht unseren Rücken beharrlich auf Russisch hinterher und scheint sich an der Melodie der eigenen Stimme und der eigenen, selten benutzten Muttersprache zu erfreuen.

51.

Opa mochte es nicht, wenn ich schwarzen Nagellack und dunkelbraunen Lippenstift trug, wozu das Ganze, so schrecke ich nur die Leute von mir ab. Als er starb, wurde er auf einem jüdischen Friedhof begraben. Mein Vater und mein Bruder mussten sich eine Kippa aufsetzen. Der Sarg wurde von älteren Männern der jüdischen Gemeinde getragen, einige von ihnen kannten meinen Opa noch aus der Sowjetzeit, einer von ihnen war sein Arbeitskollege gewesen. Obwohl Blumen und Denkmäler nichts auf einem jüdischen Friedhof zu suchen haben, waren die meisten Gräber, um die sich noch Verwandte kümmerten, aufwendig geschmückt; auf den Grabplatten entdeckte ich Namen von Menschen, die ich als Kind gekannt hatte. Es gab einen Rabbi, das Grab war zunächst nur ein Hügel aus heller sandiger Erde, es war meine erste Beerdigung, und beim Verlassen des Friedhofs wuschen wir uns die Hände mit Wasser.

52.

Als alle weg sind, aus dem Haus gegangen, nachmittags, beginne ich die Sachen zu packen, aber zu langsam, es soll nichts zurückbleiben, und wie es so ist, wenn man sich beeilt, geht alles noch viel langsamer, Sachen fallen aus den Händen, Kartons reißen, es darf aber nichts zurückbleiben. Osipuška, sage ich, Mandel'štamuška, danke dir, und das, obwohl er nichts macht, mir nicht beim Packen hilft, er ist nur da und bestätigt mir mit seiner bloßen Anwesenheit das Recht darauf, diese Wohnung zu verlassen, er ist einer der wenigen, die ich kenne, außerhalb des Hauses. Ich weiß nicht, wann alle wiederkommen werden, vielleicht in einer Minute, vielleicht in vier Monaten, immer unerwartet und zur falschen Zeit, und eine große Scham breitet sich im Körper aus, fließt in Hände und Füße und zirkuliert, und ich wache auf, haben sie vielleicht doch recht damit und ich nicht, dass sie es besser und ich es schlechter wisse und zu lebenslanger Dankbarkeit verpflichtet sei, so wie Vater mich mit einer Art Triumph daran erinnerte, wie ich, in irgendeinem Alter, als Kleinkind jedenfalls, versucht hätte, den Kot von meiner Unterhose zu essen, und er mir dann den Po gewaschen hätte. Auf den nackten Po, sagten sie später, wenn wir uns schlecht benommen hatten, und riefen uns nacheinander ins Schlafzimmer und legten uns übers Knie oder liefen uns hinterher und dann den Riemen auf den nackten, es tat nicht sehr weh, es war eher peinlich, beschämend bis in die Fingerspitzen der Hände und Füße. Mit vierzehn (da an einem Geburtstag, lag darin eine gewisse Provokation) verkündete ich laut, Ab jetzt würde ich nie mehr, mit dem Riemen, und Vater sagte, Das würden wir noch sehen, und später bekam ich doch einen ab, vielleicht auch nur einmal, ich weiß es nicht genau, aber mindestens einmal, weil ich es mir merkte, dass es danach war, nachdem ich es zu verkünden versucht hatte, so verzweifelt waren sie, uns nicht zur Ordnung zwingen zu können. Und wenn ich später, denke ich, irgendwann später, vielleicht, draußen, sagen sollte bei einem Tee oder Kaffee, ich hätte es einmal nicht geschafft, das zu erreichen, was ich wollte, und es sei ganz schlimm, nicht zu erreichen, was man wolle, ernsthaft wolle, wer würde verstehen, was ich damit meine.

53.

Die Teilnahme an den Kolloquien setzt die vorherige Anmeldung voraus.

Ob es mir gut geht, fragt mich jemand von links. Zwei Leute von links. Ja, alles gut, alles gut. Ich habe vergessen, dass mein

Gesicht kränklich, böse und komisch aussieht, wenn ich es nicht in ständigem Lächeln halte. Die Gesichtsmuskeln zittern leicht, der Mund verzerrt sich. Die Hände zittern, auch nur leicht, aber sie lassen sich nicht unter den Knien verstecken und hüpfen von selbst hervor, die eine Hand zerrt die andere wieder unters Knie und dann herrscht Ruhe. Aber mit dem Mund lässt sich nichts machen. Er zuckt und entblößt die Zähne, oh, wie ich meine Zähne hasse. Ich versuche allen möglichen ausgedachten Blicken auszuweichen, hypnotisiere aber dann wieder selbst jemanden, bis er mich zufällig anschaut und ich ihm gleich zulache, aber er bemerkt mich gar nicht, und ich sitze mit einem geöffneten Lächeln da und kann es nicht wieder zuklappen, der Mund schließt sich nicht und zuckt. Ich rede unverständliches Zeug, vermische Sprachen, rede ohne Grammatik, ohne Inhalt, ohne Anlass und lächle geheimnisvoll, wenn ich meine, dass mich jemand ansieht, oder ziehe ein verächtliches, dümmliches, naives Gesicht, rolle die Augen aus und wieder ein. Dann tu ich so, als ob ich ganz normal wäre und mir keiner was anhaben könnte, rede, öffne meinen Mund und schließe ihn im Takt, verschwinde, laufe los, steige drei Treppen hoch, ziehe mich aus, werfe mich auf das Bett und liege und sitze und trinke Tee und schlafe kurz ein und stehe wieder auf, ziehe mich an und sitze da, schaukle mit den Schultern hin und her, bis es mir besser geht und ich wieder ein verständliches, gesundes, natürliches Wort aussprechen kann: Narrativdiskurse.

54.

Keiner wusste genau, woran Opa eigentlich gestorben war, angeblich passierte es nach einem Stuhlgang, etwas in ihm platzte, riss, er fiel zu Boden. Es war ein schwieriges Unterfangen, alle Dokumente, Mietverträge, Kontoauszüge, Passwörter in der vollgestellten Wohnung zu finden, dabei wurden auch seine

Tagebücher und für schwere Zeiten verstecktes Geld entdeckt. Erstmals nahm meine Oma selbst den Hörer ab, erstmals redete sie, ohne von Opa unterbrochen, berichtigt oder zurechtgewiesen zu werden, zunächst waren es zaghafte, kurze Gespräche, dann wurden sie immer länger, und als sie nicht mehr gehen konnte und Tage, Monate, Jahre im Bett verbrachte, wurden die Gespräche zu Monologen, Erinnerungstiraden, in ihrem Kopf verschmolz die Sowjetunion mit der Gegenwart, sie zählte ihre Rubel im Portmonee, bestellte sich besondere Schokolade aus dem russischen Laden und versuchte vergeblich, ihre zweite, in Petersburg lebende Tochter zu einem Besuch zu überreden. Auch erinnerte sie sich von Jahr zu Jahr immer detaillierter daran, wie sie als Kind die Blockade von Leningrad überlebt hatte, und weinte, wenn am neunten Mai im russischen Fernsehen die Militärparade am Roten Platz ausgestrahlt wurde. Ich wurde oft gefragt, was ich von Russland und dem Tyrannen Putin hielte, von der kitschigen Parade, der Machtdemonstration, und ich sagte immer das Gleiche, ich interessiere mich nicht für Politik, aber meine Oma, die weint jedes Jahr am neunten Mai.

Das Haus, in dem sie wohnte, war eine ehemalige Kaserne, nun ein Pflegeheim mit russischsprachigem Personal. In den dunklen Linoleumgängen des Hochhauses roch es nach lang getragener Wäsche und faulendem Obst. Im gleichen Haus, erzählte Oma, sollte ein guter Bekannter leben, der auch bei Opas Beerdigung dabei gewesen war, ein schmächtiger, kleiner Mann mit Rollator, der sich regelmäßig nach draußen wagte, eine örtliche Berühmtheit, ein Jude mit dem Namen Adolf, deswegen kannten ihn alle Vertreter der örtlichen Diaspora, neunundachtzig Jahre alt, war fast befreundet gewesen mit Opa. Er soll Oma schon mehrmals Grüße bestellt haben, wenn jemand von uns, meine Mutter, mein Vater, den Flur entlangging und mit ihm zusammentraf, während er seinen Rollator langsam und zielstrebig zum Fahrstuhl schob.

Одежда:

55.

4-6 Bodies (56-62) 

5 Strampler 

4-6 Oberteile+Höschen

2 Paar dicke Söckchen 

3 Paar dünne Söckchen 

3-4 einteilige Schlafanzüge

~~2 Stubenhäubchen~~

1 Jacke (62/68)+ Mütze+Fäustlinge 

1 Winteranzug

Мебель:

Babybett

Wickelkommode + Wickelauflage

Белье:

1 Matratze

2 Schlafsäcke (50-56, 56-62)

3 Spannbettlacken

2 wasserdichte Unterlagen

~~Betthimmel und Himmelsspange~~

einpaar Moltontücher

Транспорт:

Wickeltasche (Windeln, Wickelunterlage, Feuchttücher, Moltontuch, Spucktücher, Wechselgarnitur, Ersatzschnuller?…)

Kombi-Kinderwagen (+ Fußsack+ Matratze+ Spannbettücher+1 Schlafsack für Draußen+ Regenschutz+ Kinderschale/-sitz)

Sonnenblenden?, Autoschale

Питание:

Mind. 1x Säuglingsnahrung

Косметика-гигиена:

Windeln!!!

~~Windeleimer?~~

Babybadewanne

Feuchttücher ohne Arom.

Badethermometer

Baby-Fieberthermometer

Spucktücher=Lätzchen

Nagelschere

(Baby-Kamm)

Wundcreme

Wattestäbchen

Babyöl

Babyshampoo/-seife

2 Badetücher mit Kapuze (120x120)

Babywaschpulver

Посуда:

Sterilisiergerät?

4-6 Fläschchen

(Schnuller)

Прочее:

~~Babyphon?~~

Stilleinlagen Milchpumpe- wo?

56.

Nichts ist Tatsache – alles passiert, indem davon erzählt wird, erst beim Erzählen passiert es. An manches erinnert man sich, manches vergisst man gerne. Je länger die Erzählung dauert, desto mehr enthüllt sich ein roter Faden, der Geburt mit Tod verbindet. Ich glaube fest daran, dass ich entweder durch einen Autounfall oder durch Krebs oder durch Suizid sterben werde, und überlege, ob ich eine Chemotherapie machen würde. Solange ich diese drei Möglichkeiten fest in der Hand halte, solange ich über meinen Tod Bescheid weiß, wird es keine Angst geben. Nur vor Hunden habe ich Angst, ihre Gestik ist rätselhaft, ihr Angriff nicht abzuschätzen, ich weiß nicht, ob und wie sie auf mich springen, worauf ich mich vorbereiten kann.

Alles, was ein Zufall gewesen sein mag, wird zu Begegnung, Ereignis, Handlungsträger, Charakteristik. Die handelnde Figur sitzt dann da, zählt die langsam, zu langsam wachsende Anzahl der Likes, antwortet auf Kommentare, achtet darauf, das letzte Wort zu behalten, Antworten, Fragen, Smileys oder Provokationen, gefällt mir, für Freunde posten, teilen, antworten, was machst du heute, gefällt mir. Das ist nicht so kitschig wie lange Texte oder schlechte Gedichte, das ist prägnant, lakonisch, selbstbewusst, das hat was. Ich habe hundertdreiundvierzig Facebook-Freunde, davon kenne ich hundertvierzig vom Namen her, habe dreiundneunzig nicht nur auf Fotos gesehen, mit vierzig davon verbinde ich angenehme Assoziationen, mit fünfzehn habe ich etwas im Alltag zu tun, einer davon ist mir wirklich wichtig, aber das ist Artur, der mir bei Facebook nicht schreibt und nur brav sein Like unter meine Posts setzt. Ich bin mit einer sehr entfernten Verwandten bei Facebook befreundet, der Tochter der Schwester meines verstorbenen Großvaters. Ich habe diese besagte Person nie gesehen, weiß aber, dass sie in Tel Aviv lebt, wo dort genau und was aus dem Fenster ihrer Wohnung zu sehen ist und wie schnell gegenüber ihrem Fenster ein Hochhaus errichtet wird, zu welcher Uhrzeit die Baustelle anfängt und endet, und dass die Bauarbeiter zum Großteil Araber sind, diese Araber.

57.

Ich bekomme eine SMS: Schöne Weihnachten, alles Gute für dich und deine Familie, für immer dein Freund Georg. Es war nicht schwer, diesen Satz abzuschreiben, aus Zeitungsanzeigen, Einkaufsregalen, Postkarten, Schokoriegeln, der Satz als Ganzes oder seine einzelnen Bestandteile sind zurzeit überall zu lesen. Sogar das Gute hat er großgeschrieben, sogar Weihnachten hat er mit h geschrieben, ich vergesse es manchmal, dass dort noch ein zweites h hingehört, aber ausgerechnet er weiß von diesem h. Er hat sich eine fertige Postkarte angesehen und Buchstabe für Buchstabe abgetippt, wie sonst kann man sich dieses h und das große Gute erklären. Ich antworte nicht, denn er ist nicht Georg, und wird auch nie einer sein, der selbstgeänderte Name hilft nicht, genauso wie ich mich Leyla oder Fatima nennen und trotzdem am gewohnten Sein festhalten könnte. Wenn er nach Russland zurückkehren sollte, wäre er wieder Georgij, in Armenien wäre er ein Narek, in Kenia wäre er ein Simba und würde überhaupt überall ungeniert seine Sprache zur Schau stellen, würde sich immer Frauen suchen, die seine Forderungen, Befehle und Philosophien exakt verstehen würden.

Ausgerechnet am gleichen Tag fragt mich eine Konferenzteilnehmerin, wo ich herkomme, ursprünglich. Ich erröte, zucke, öffne weit den Mund und spucke aus: Aus Sankt Petersburg. Sie nickt, sie kennt die Stadt, viel besser als ich, und ich hasse sie dafür – und für ihre Frage. Sie ist dick, denke ich mir sofort, mit einem riesigen Hintern, was soll sie mir zu sagen haben, aber der Stachel bleibt und ich bin froh, dass die Konferenz zu Ende geht und diese Frage nur einmal gestellt wird. Damit es auch dabeibleibt, setze ich mich in der Mittagspause von allen weg und ziehe ein so grimmiges Gesicht, dass es keiner wagt, sich neben mich zu setzen.

58.

Den eigenen Geburtstag kannte ich, weil er geschrieben stand auf Formularen, Anträgen, im Pass, im Personalausweis später, und weil ich darauf wartete, volljährig zu werden. An meinem achtzehnten Geburtstag erschien ich in einer benachbarten Filiale der Deutschen Bank, um ein Konto zu eröffnen, um in den nächsten Ferien arbeiten zu können. Der Berater meinte vergnügt, es sei das erste Mal, dass jemand genau an seinem Geburtstag, und mir war nicht nach Vergnügen zumute, zuerst sollte ich fünfzig Euro einzahlen, die dem Konto gutgeschrieben wurden, um sie dann wieder abzuheben, aber die fünfzig Euro hatte ich nicht und es würde sie mir keiner geben. Die Geburtstage der Eltern wusste ich nicht genau, außer dass es auch im November sein musste, mit ein paar Tagen Abstand zueinander. Über Weihnachten, Silvester blieben wir zu Hause, standen an manchen Jahren am Fenster, ob ein Feuerwerk zu sehen war. Als moralische Kompensation führte Mutter einen Tag der Geschenke ein, ohne heidnischen Hintergrund, ein-, zweimal im Jahr suchten wir in der Wohnung nach Geschenken, eins für mich, eins für meinen Bruder. Der Hochzeitstag war ein weiteres Fest, Vater kaufte Blumen, wir Geschenke, Mutter machte eine Torte, oder wir gingen ins Restaurant, verschüchtert, verwirrt durch die hohen Preise, reservierten einen Tisch, zogen feierliche Kleidung an. Der Hochzeitstag war ein offizielles Fest, ein Fest der Eltern, die von ihren Kindern beschenkt wurden, außerdem konnten Zeugen Jehovas Hochzeiten feiern, wenn es welche gab, und das jährliche Abendmahl, den Tod Jesu Christi zum jüdischen Pessah, am 14. Nisan, eine zusätzliche Versammlung mit Vortrag, Gebet und Gesang, nur feierlicher, selbst der inaktivste Verkündiger kam an diesem Abend in den Königreichssaal. Das Abendmahl hatte eine melancholische Note, die eigentliche Freude stand bevor, wenn Satans System der Dinge endlich vernichtet sein würde, in der Neuen Welt.

Das, was man in der Versammlung, im Wachtturm, unter sich als Fest oder Party bezeichnete, war ein Beisammensein mit selbstgemachtem Essen, nichtalkoholischen Getränken, am langen gedeckten Tisch saßen Brüder und Schwestern jeden Alters, Kinder spielten Pantomime, Szenen aus der Bibel nach, die erraten werden sollten, es gab Witze und Lieder, ein Ältester schaute, dass alles gesittet ablief, es war wie Weihnachten im Altersheim, auf den Vergleich kam ich natürlich später. Dann aber mit Emil, mit seinen Basteleien in der Kita, Nikolausliedern, er erwartete Geschenke und Tannenbäume und freute sich Monate im Voraus auf seinen Geburtstag, mit ihm lernte ich auf künstlichem, theoretischem Weg die Feiertage kennen, imitierte andere Eltern, kaufte Girlanden und gläserne Christbaumkugeln, wir feierten keinen Tod, keine verheißene Erlösung oder durchgestandenen Ehejahre, sondern den Wechsel der Jahreszeiten, eine Überraschung, einen Neuanfang, fröhliche Gedenken im zyklischen Jahr. Die Ankunft Christi wurde Anlass für Weihnachtsmänner aus Schokolade in Aluminiumhüllen, Jesus von Nazareth war ein Jude, trug einen Bart, der Weihnachtsmann auch. Emil wusste, dass ich allergisch war auf das Christkind, dass ich es nicht ausstehen konnte, wenn über Gott gesungen wurde, er machte es manchmal, um mich zu ärgern, rannte weg und lachte.

59.

https://www.ebay-kleinanzeigen.de/s-hund/ko

Hallo ich heiße Kai Uwe .Auf diesem Wege suche ich eine nette Dame mit der ich gesunde Welpen in die Welt setzten kann. Ich bin freiatmend,sportlich und muskulös. Ich habe bereits deckerfahrungen .Wenn ihr noch Fragen habt,dann meldet euch einfach bei meiner Mama,die kann euch noch mehr erzählen Preis: VB

Silberner Weimaraner Rüde mit Ahnentafel bietet seine Dienste an. Preis: 300 Euro

Unser Chihuaha GIZMO möchte Papa werden er hat das zwar noch nie gemacht, aber es gibt für alles ein erstes mal (Und sind wir mal ehrlich, immer nur das Hundekissen zu benutzen, als junger gesunder Hund ist auch iwann langweilig) Also wenn eine Hundedame Interesse hat kann sie sich gerne melden einer jungen Hundeliebe sollte man nicht im Weg stehen Preis: 150 Euro

Django steht für 2019 nur einer begrenzten Anzahl an Hündinnen zum Decken zur Verfügung! Er deckt ausschließlich gesunde, reinrassige Labrador Hündinnen - aller Farben, mit bestandener Zuchttauglichkeitsprüfung. Preis: 300 Euro

Hallo ich bin Lucky. Ich würde gerne ein paar Hundemädchen glücklich machen und ihnen ein paar Welpen schenken. Möchtest du das ein paar kleine Lucky's auf der Welt rumtollen, dann melde dich bei meiner Hunde Mama. Ich hoffe wir schnuppern uns bald Preis: VB

Unser Rüde hat einen Geraden Rücken. Er hat keine Papiere. Alle Hunde Damen werden im Sturm erobert. Bisher hat er 22

Nachkommen die alle gesund und munter sind. Er vererbt wunderschöne Farben. Preis: 140 Euro

Hiermit biete ich meinen kleinen Spatz zum decken an.
Er ist knapp 2 Jahre alt und wiegt 1,5 kg. In der Farbe schoko tan Langhaar. Preis: VB

Selbstverständlich ist er Kern gesund und hat schon große Erfahrungen mit dem decken gemacht. Seine Wurfstärke liegt bei 9-15 erfahrungen mit Erstlingshündinnen sind vorhanden,auch Mischlinge sind willkommen Preis: 100 Euro

Beide Rüden sind Nervenstark,haben ein sicheres freundliches Wesen, beste Haaranlage,vollständiges Scherengebiss,dunkeles Auge,sehr gutes Gangwerk m. besten Winkelungen,vorzügliche Körperstruktur… Die Rüden stehen Hündinen (auch ohne Papiere) zum decken zu Verfügung. Beide Rüden decken sehr insinktsich – er. Preis: VB

Natürlich ist Anton Geimpft, entwurmt und entfloht. Er ist nicht Hyperaktiv und leicht vom Umgang, lieb und verschmust Er deckt auch Hündinnen ohne Papiere oder Mischlinge. Der Preis beinhaltet zwei Decksprünge! Preis: 150 Euro VB

60.

Vater sagte am Telefon, dass Onkel Sascha gestorben sei, ich spürte, dass da etwas falsch war an seiner Stimme, an seiner Art, wie er es mir mitteilte, ich fragte, Wie ist er denn gestorben, Vater wollte es nicht sagen, dann sagte er es doch, zögernd, Erhängt hat er sich.

Onkel Sascha war einer der ersten Zeugen damals in Russland, er hatte eine Ungläubige geheiratet, die ältere Schwester meiner Mutter, überzeugte meine Eltern Anfang der 90er von der Wahrheit, sie waren ihm also verbunden in dieser Hinsicht, dann wurde er selbst zum Abtrünnigen. Sie wohnten damals zu sechst in einer kleinen Wohnung in Petersburg, meine Großeltern, meine Tante, Onkel Sascha, ihre beiden Kinder, und dann noch das Religiöse, das dazukam. Als meine Tante mit dem zweiten Kind schwanger wurde, aus Versehen, so erzählte man es mir, wurde ein Familienrat einberufen, um über die Fortsetzung der Schwangerschaft zu entscheiden. Meine Großeltern konnten ihren Schwiegersohn nicht ausstehen, Onkel Sascha lehnte hochmütig die Hilfe von Ältesten ab, die selbst keine eigenen Kinder hatten, sich in seine Lage nicht versetzen konnten, schied aus der Versammlung aus, zog aus der Wohnung aus, ich überlege, wie einsam er gewesen sein muss, wurde orthodox, ließ seine Kinder taufen, aber es half alles nicht. Es soll schlimme Szenen gegeben haben zwischen ihm und seiner Frau, aber er brachte ihr jeden Monat Geld. Mutter meinte dazu, es wäre seine Pflicht als Ehemann, und Vater fand, dass es etwas Freiwilliges wäre, Sascha positiv charakterisieren würde. Jedenfalls waren sie mit ihm dadurch verbunden, dass er sie überhaupt erst zum Glauben geführt hatte, gleichzeitig durften und wollten sie mit ihm nicht reden, seit er ein Abtrünniger geworden war, ignorierten seine Existenz. Oma erfuhr nichts von seinem Tod, glaubte bis zum Ende, dass Sascha noch irgendwo lebte, ihre Tochter mit dem Nötigsten versorgte, und da über ihn sowieso nicht geredet wurde, war es nicht schwer, es ihr gleichzutun. Ich empörte mich zuerst darüber, Sie hat doch das Recht, zu erfahren, dass er gestorben ist und wie, aber meine Mutter schlug mir vor, die Verantwortung zu übernehmen für die Folgen, wenn es Oma dadurch schlecht ginge, vor Aufregung, zu ihr ins Krankenhaus zu fahren, sie zu pflegen, Formalitäten zu klären, eventuell ihren Tod auf dem Gewissen zu haben, ich überlegte und ließ es bleiben, sagte Oma nichts.

61.

Der erste Mensch, dem ich von Onkel Sascha erzählte, war eine Freundin an der Uni, eine Russlanddeutsche und Baptistin, denn sie erzählte mir von einer ihrer Verwandten, die sich trotz vier kleiner Kinder umgebracht hatte, auch erhängt seltsamerweise, ohne jeglichen Grund, und dann erzählte ich ihr von meinem Onkel. Wir verglichen die beiden Tode, stellten Gemeinsamkeiten fest, dass das Religiöse keinen Schutz mehr geboten hatte und ein Glaube verloren gegangen war, es waren trotzdem unterschiedliche Arten zu sterben, eine Frau inmitten ihrer Kinder, Staubsauger, Geschirrberge, und der Onkel alleine, beide im eigenen Haus auf dem Land, das deutsche und das russische Land natürlich völlig verschieden. Die Peripherie macht es, sagte ich überzeugt, Es ist die Peripherie, in der Leute sterben, egal, ob reich oder arm, die Leute haben dort Zeit und Ruhe, um über sich nachzudenken, und es kommt nichts Gutes dabei raus. Ich freundete mich gerne mit religiösen Mädchen an, einer Baptistin, einer Protestantin, wir machten uns nur wenig Konkurrenz, führten theologische Debatten. Ich versuchte sie vom gewissen Dogmatismus wegzubringen und freute mich an den konservativen Schnitten und Farben ihrer Kleidung.

62.

Wenn ich von Russen rede, dann gehe ich von etwa dreihundert Russen aus, die ich seit meiner Kindheit bis jetzt kennengelernt habe. Ich kenne sie zu wenig, um sichere Aussagen über ihre Essgewohnheiten, ihre familiären Sitten, ihr Humorgefühl, die Häufigkeit und Menge ihres Alkoholkonsums, ihre Haustiere, ihre Kleidung und Kosmetik, sexuelle Vorlieben, Bildung und

Arbeit treffen zu können. Manchmal ist das Russisch der hier lebenden Russen so grauenhaft, dass ich sie am liebsten aus der Russen-Kartei streichen und in die Deutschen-Kartei überführen möchte, eine Umsiedlung, die nur in meinem Kopf passiert, die keinen weiter stört, aber sie bezeichnen sich so selbstbewusst als Russen, dass ich es nicht wage, ihnen ihre Sprache abzuerkennen.

Wenn Artur mir sagt, dass ich mich mal nicht zwischen den Beinen rasieren soll, bin ich schockiert, entsetzt, verstehe die Welt nicht mehr, habe ich es denn immer umsonst gemacht, Tag für Tag, Jahr für Jahr, was will er überhaupt von mir. So ähnlich verhält es sich mit der Sprache – entweder alles oder nichts. Entweder eine sorgfältig kultivierte, sich selbst vervollkommnende Sprache – oder eben keine Sprache, ein primitives, instinktgetriebenes Nichtsein. Der Logopäde meines Sohnes gibt mir einen Artikel zu lesen, in dem es um Bilingualismus geht, darum, dass Kinder mit Migrationshintergrund (MHG) meist schlechtere Noten haben und seltener Abitur machen würden als einsprachige, deutsche Kinder. Ich bin entsetzt, beschwere mich, argumentiere, werfe diesen Artikel weg, damit er später nicht Emil in die Hände gelangt – und er auf die Idee kommt, aufgrund seiner Zweisprachigkeit schlechter lernen zu können.

63.

Es war mühsam, alten Leuten zuzuhören, die auf einmal, bei einem Kaffee, während eines kurzen Telefonats, bei einem zufälligen Treffen an der Kasse, plötzlich beschlossen, die Umstände zu nutzen, um eine Epoche nachzuerzählen, ihre eigene Rolle darin ausfindig zu machen, zu einer Meinung bezüglich Bismarck, Hitler, Kohl zu kommen, und, während die Kassiererin nach Wechselgeld suchte, sich die ehemaligen, jetzigen, verstorbenen wie lebenden Ehefrauen oder Ehemänner ins Gedächtnis zu rufen.

Sie waren nah und sympathisch, während sie redeten, und ihr Reden war wie endloses, langsam vor sich hin fließendes Wasser. Irgendwann war dann aber Zeit zu gehen, den Hörer aufzulegen, dem nächsten Kunden Platz zu machen, sie lächelten sanft, Das ist für Sie bestimmt sehr lange her, oder, Aber Sie sind ja noch jung. Wir Alten haben immer viel zu erzählen, lächelten sie, und alles, was sie erzählten, hatte für sie unendlichen Wert, sie gingen langsam, setzten die Füße vorsichtig auf den Asphalt, einen Fuß nach dem anderen.

Oma war der einzige achtzigjährige Mensch, dem ich zuhören konnte; sie fragte mich aus, nach jedem Detail meines Alltags, verstand oft nicht, was ich antwortete, oder verstand es auf eine andere, sowjetische Weise, die meiner Realität in nichts mehr entsprach, oder vergaß es wieder und fragte von vorne.

64.

Beim Sturm fiel ein schwerer Blumenkübel auf dem Balkon um, traf den Lavendelbusch, brach drei Zweige ab, riss einen Keramiktopf mit, alles voller verschütteter, nasser Erde und Scherben. Der Sturm hieß Sabine, so hieß auch eine Schwester in der Versammlung, die einzige Sabine, die ich kannte. Ich stellte mir vor, wie Jahr für Jahr Stürme ausbrechen würden mit bekannten Namen, ein Sturm Anton, ein Sturm Raja zum Beispiel, wie in den Phantastischen Tierwesen, wo der eine Junge sich in einen schwarzen Orkan verwandelt, die Stadt verwüstet, Leute umbringt, und anhand der Erinnerungen an die jeweilige Person würde man die Art, die Dauer, die Intensität des Unwetters voraussehen. Sabine ist ein komplizierter Charakter, sie zerstört also Blumen, ich glaube, sie wollte Kinder, hat aber keine bekommen und ist dann zu alt geworden dafür, ich weiß es nicht genau, ich kann mir nicht vorstellen, dass sie mit ihrem Mann geschlafen hat, ein weiter Wollmantel in braun und grün, eine braune Ledertasche, so ist sie mir in Erinnerung geblieben. Ein Auto hatten sie und haben uns manchmal bei schlechtem Wetter zur Versammlung abgeholt oder hingebracht, Sabine gab mir ein Buch, ein richtiges Buch, in einem Verlag erschienen, die Autobiografie einer Zeugin Jehovas, die ein KZ überlebt hatte, ich las es und gab es zurück ohne großen Enthusiasmus.

65.

Es ist das erste Mal, dass es so kommt, so alles zusammen, alles auf einmal. Ein Nichtsnutz bin ich, ein weiblicher, sowas gibt es auch, ja. Alles, was ich mit meinen fünfundzwanzig Jahren bisher geschafft habe, ist, ein Kind zu gebären, ein Studium abzuschließen, zwar ist das Studium gut bestanden und das Kind gut geworden, aber das war es auch schon. Jetzt, wo das Studium offiziell beendet ist, stehe ich ratlos da, exmatrikuliert, und weiß nicht, was ich machen soll. Seit fünf Monaten existiere ich in keinem Vertrag mehr, schreibe Bewerbungen und habe Angst, in der Öffentlichkeitsarbeit zu enden oder in der Qualitätssicherung. Manchmal will mein Kind nicht von mir abgeholt werden aus dem Kindergarten. Dann bleibe ich im Flur, gehe mit verschränkten Händen auf und ab, schaue mir alle Bilder und Aushänge an den Wänden an, grüße an mir vorbeigehende Eltern, vermeide Blickkontakt mit der Erzieherin, einer jungen, blonden, kinderlieben, pädagogisch perfekten Frau. Ich gehe irgendwann weg, gehe einkaufen, in einen arabischen Laden, instinktiv suche ich mir diesen stillen Ort aus, wo ich am meisten Frau bin, als Frau angesehen werde, wohin ich meine weibliche Trauer, meine mütterliche Enttäuschung trage. Dort vermeide ich es, in die Gesichter der bärtigen Männer zu schauen, gehe langsam an den Regalen entlang, bin die einzige Frau im Geschäft, trage meine schwarze Jacke und schwarz geschminkten Augen wie Trauerkleidung vor mir her, der Duft von Zimt, Kardamom und Mocca beruhigt. Ich bin mit diesem Laden durch die Liebe zu Datteln und schwarzem Tee verbunden. Als ich zum zweiten Mal in den Kindergarten zurückkehre, ist es draußen schon dunkel, im Spielraum hocken drei Kinder, eines davon meins, aber es will immer noch nicht, es will weiterspielen und noch etwas trinken und essen und dann wieder spielen. Ich sage, dass ich jetzt nach Hause gehe, unwiderruflich, die blonde Erzieherin bietet mir Beistand an und ich warte noch lange im Flur, bis mein brüllendes Kind angezogen ist, mir mit der Faust gegen die Beine schlägt und sich nach draußen zerren lässt. Zu Hause schreie ich kurz auf, verstumme, beachte das Geschrei nicht mehr, hole die Packung Datteln hervor, mache mir einen schwarzen Tee und esse die Datteln, alle, eine Frucht nach der anderen, und spüle die klebrigen Finger mit Wasser ab.

66.

Ксения Линдау

Russisch – Poesie, Umgangssprache, Vulgärwortschatz, Diminutive; Dysgrammatismus
Deutsch – Hochfrequenter Wortschatz (Alltag), literaturwissenschaftliche Termini; Orthografieschwäche
Englisch, Spanisch, Polnisch, Latein – A1

Spricht wenig und ungern, greift mit Vorliebe auf schriftliche Medien zurück. Spricht leise und schwer verständlich, dehnt Vokale, kombiniert gelegentlich russische und deutsche Morpheme. Vermeidet Blickkontakt und versucht, selbst einfache Fragen zur eigenen Person in schriftlicher Form und nach längerer Überlegung zu beantworten.

Diagnose: Zweisprachigkeit

Empfehlung:

Psychotherapie
Logopädie
Psychiatrie
Lebenslanges Schweigen

67.

Hör auf zu denken, denke ich mir, hör auf, denke wenigstens in Bildern, nicht Wörtern, so kann man doch verrückt werden, wie soll ich schlafen mit all den Wörtern, und ich versuche in Bildern zu denken, ein Wald, blau, eine Raupe, die sich aus dem Apfel frisst im Vordergrund, da kommt ein Jäger und schießt die Raupe tot und hebt sie auf und legt sie in ein Kästchen, bringt es der Frau Königin und sie reicht ihm ein Säckchen Gold dafür und sagt, neinnein, nur in Bildern, sie tauschen die Raupe und das Gold aus und der Jäger steigt in den Keller und öffnet eine schwere Tür, dann noch eine, und noch eine, da schläft seine Tochter, er zieht sich aus und schläft mit ihr, dann kommt eine Ermittlungskommission und sagt, nein, sie vergleicht die Gesichter des Jägers und seiner Tochter, der Ermittler hält ihre Gesichter am Kinn fest mit den Händen und presst sie aneinander, vergleicht die Augenfarbe, die Form der Augenbrauen, um festzustellen, ob es sich um Jäger und Tochter handelt oder um Jäger und sein privates Vergnügen oder um einfach privates Vergnügen, denn er denkt, nein, er fährt mit dem Zeigefinger über die Augenbrauen und die sind gezeichnet und die Tochter hat gar keine Augenbrauen drunter, und er fragt, nein, er schüttelt mit dem Kopf und nimmt sich einen Apfel vom Tisch und beißt einer Raupe den Kopf ab.

68.

In einem Internetforum las ich von einem Jungen, der am ersten Tag im Kindergarten nach seinem Namen gefragt wurde, und er sagte ernst, Mamino solnyško, Ich heiße Mamas Sonnenschein.

Ich ging ins Kinderzimmer, setzte mich dazu, sagte nach einer Weile, Weißt du, dass du mein Sonnenschein bist, wiederholte es später noch mal, dann beim Abendessen ein zweites Mal, und am Ende, vor dem Einschlafen, ein drittes Mal.

69.

4.6.2017
Eine meiner kleinen Migrationen war Boltenhagen. Es gab dort einen Tagungsraum, einen Frühstücksraum, einen Kiosk mit originellen Öffnungszeiten, eine Rezeption mit einer Frau mit blauem Nagellack. Das Meer irgendwo, angeblich hundert Meter entfernt. Links von der Unterkunft, immer die Straße geradeaus, ein Biogeschäft, Rote-Beete-Suppen und Gemüsekuchen, rechts, auch immer geradeaus, eine Edeka- und eine Lila-Bäcker-Filiale, bei Edeka eine große blaue Stofftasche mit »sonnigen Grüßen aus Boltenhagen«. Es nannte sich Ostseebad, deshalb nahm ich einen Strohhut und eine Stranddecke mit, glücklicherweise auch einen Mantel, denn Orte, die man ganz genau zu kennen glaubt, ohne je dagewesen zu sein, warm, sonnig, erholsam, kurierend, haben es in sich. Alle Seminarteilnehmer hatten einen offiziell nachgewiesenen Bezug zum Bundesland Mecklenburg-Vorpommern, eine unbedingte Voraussetzung, und sprachen dabei vor allem über das Bundesland Thüringen, über die Sprache, das Essen, die Landschaft, die Menschen dort, ich verstand nicht, warum, warum Thüringen, für mich eine abstrakte geografische

Angabe, ein Terminus technicus, eine Wissenslücke. Es kommen aber wohl viele Mecklenburger aus Thüringen, es waren lauter Migranten, einige ja im zweifachen, dreifachen, vielfachen Sinn, mit Koffern, Rucksäcken, Strohhüten und Stranddecken zogen wir alle zum gleichen Zeitpunkt nach Boltenhagen, lebten dort vom Stipendiengeld des Ministeriums und diskutierten über selbstgeschriebene Texte.

70.

10.4.2019, München-Ahrenshoop

Ich bemerkte, dass ich mich hinter dem Sitz verschränkt hielt, während die Mitfahrer gegenüber genüsslich ihre Beine streckten. Was muss ich falsch gemacht haben, dachte ich, was trage ich mit mir herum, dass ich meine Beine nicht zwischen deren zwängen, mir meinen Platz im Zugwaggon nicht erkämpfen kann.

71.

Dann erinnerte ich mich an meine erste Gynäkologin, die, als ich den Oberkörper freimachen und Früherkennungsmaßnahmen eingehen sollte, die Hände wieder sinken ließ, lächelnd sagte, ob es hier denn etwas zu untersuchen gäbe, ich ihr Lächeln zaghaft erwiderte, mitnahm, vor mir her auf meinem Gesicht weitertrug, schon nachdem ich wieder bekleidet auf die Straße trat.

72.

Vor Ärzten, Therapeuten, Gelehrten hatte Georgij Respekt. Er, der einen Baseballschläger unter dem Autositz bereithielt,

Geschäfte machte, von denen er nicht reden wollte, freute sich wie ein Kind, orthopädische Einlegesohlen verschrieben zu bekommen, und ich versuchte seine Schuhe tief unter das Regal im Flur zu schieben. Ich will, dass der Kleine später mal Medizin studiert, sagte er, Was ist eigentlich die beste Uni, Harvard und so wahrscheinlich, und ich entgegnete, Er ist erst zwei, was willst du von ihm, aber es war ein schlechtes Gesprächsthema, überhaupt wurde es immer schwieriger mit Gesprächen, und unsere Treffen wurden anstrengend und selten. Als wir auseinandergingen, ein Jahr später, rief er aus einem Krankenhaus an, um sich halb scherzhaft, halb feierlich vor einer Operation zu verabschieden, eine kleine, beiläufige Operation, vielleicht rief er alle seine Ehemaligen und Gegenwärtigen an, entzückt von der eigenen Hilflosigkeit, ich rief ihn nicht zurück und fragte nicht danach, ob er überlebt hatte.

73.

Das war ein Theater, auf das ich mich einließ, weil ich dachte, dass es noch was werden könnte mit uns, auf formaler Ebene zumindest. Artur rief schließlich selbst an, sagte, er wolle um die Hand ihrer Tochter bitten, sie dann besänftigt und geschmeichelt, luden ihn zum Kennenlernen ein. Weil er nur ein paar Jahre jünger war als sie, hatten sie keine Gewalt über ihn, konnten keine direkten Anweisungen geben, ja sie sahen ihn fast mit Respekt an, verwirrt dadurch, einen Gleichaltrigen zum Schwiegersohn zu haben, und ich war auch verwirrt, wenn ich Vater und Artur nebeneinandersitzen sah. Beim Tischdecken gingen sie in die Küche und flüsterten erschrocken, wie ähnlich er doch Sascha sehe, Onkel Sascha, erinnerst du dich an ihn, wie Zwillinge. Ich schämte mich für die altmodischen Gesten, sie hatten ja in nichts mehr über mich zu bestimmen und interessierten sich, so glaubte ich es, weniger für mich als vielmehr für den Einfluss, den sie weiterhin auf mich hatten, für die Macht, die ihnen blieb als Eltern, ihre Tochter einem Ehemann zu übergeben wie Eigentum. Sie waren davon überzeugt, dass Frauen außerhalb der gesetzlichen Ehe nur ausgenutzt wurden, im schlimmsten Fall schwanger sitzengelassen, dass alle Frauen geheiratet werden wollten, um Anspruch auf Geld und Status zu haben als Gegenleistung, und dass das der Lauf der Dinge war und das Prinzip der Welt, vor allem Vater war sich dessen sicher. Zu Hause schaute ich mir das Foto von Onkel Sascha an, von äußerer Ähnlichkeit war keine Spur.

74.

Mein Bruder hatte eine chinesische Studentin geheiratet. Ich beobachtete sie misstrauisch, sie kam mir seltsam vor, in zu großen Adidasschuhen, sie lächelte immerzu, sie sprach kaum Deutsch, mein Bruder sprach natürlich kein Chinesisch, und sie kommunizierten mithilfe von Gesten, Mimik, englischen und deutschen unflektierten Wörtern. Ich glaube, meinem Bruder gefiel es, nicht reden zu müssen. Die Heirat ging eindeutig zu weit, selbst in den Augen unserer Eltern, warum hätten sie nicht einfach weiter zusammenleben können, wozu das Ganze, es wurde unheimlich. Oma stellte von ihrem Bett aus am Telefon Verschwörungstheorien auf, bestimmt seien es deren chinesische Verwandte gewesen, die auf die Heirat gepocht hätten, vielleicht sei das Mädchen schwanger, auf jeden Fall aber habe sie ihn zu der Heirat gezwungen, erpresst vielleicht. Ich merkte, dass es in den Augen meiner Familie gut war, dass ich geheiratet wurde – und gefährlich, unangebracht, dass mein Bruder jemanden geheiratet hatte. Heiraten gibt es in zwei Varianten, die Frau vychodit zamuž, der Mann ženitsja, der männliche Part ist aktiv, eine bewusste Entscheidung, während die Frau sich hinter einen Mann stellt, eine

Stütze für das weitere Leben bekommt. Wenn das Opa erlebt hätte, seufzte meine Mutter, eine Chinesin als Schwiegertochter. Wenigstens ist es keine Schwarze, provozierte ich, und Mutter nickte, ja, wenigstens das.

75.

Als wir in einer Bar saßen, ungeschickt am Strohhalm sogen und versuchten, über etwas anderes als Kinder, Kindergarten, Kinderkleidung, Kinderessen zu reden, unsere Beziehung auf ein höheres Niveau, von befreundeten Mamas zu befreundeten Frauen, gar bis hin zu befreundeten Menschen zu bringen, redeten wir weiter über Kinder, Kindergarten, Kinderkleidung, Kinderessen, ich plauderte über die Schwangerschaft damals, zeigte am Smartphone alte Babyfotos, und die befreundete Mama, vielleicht auch befreundete Frau, sagte, während sie am Strohhalm sog, Ach so, ihr wolltet ein Kind haben, und ich dachte, das war ein Unfall.

76.

https://www.csu-landesgruppe.de/presse/pressemitteilungen/gute-deutschkenntnisse-sind-unverzichtbar

Gute Deutschkenntnisse sind unverzichtbar

Sprache ist Schlüssel für eine erfolgreiche Integration

Heute sind aktuelle Zahlen zur sprachlichen Entwicklung von Kindern mit Migrationshintergrund veröffentlicht worden. Dazu erklärt der innen- und rechtspolitische Sprecher der CSU-Landesgruppe im Deutschen Bundestag, Stephan Mayer:

»Die heute vorgestellten Zahlen sehe ich mit großer Sorge, denn Schlüssel für eine erfolgreiche Integration ist und bleibt das Beherrschen der deutschen Sprache. Wenn in vielen Familien mit Migrationshintergrund auch weiterhin Zuhause nicht oder nur wenig Deutsch gesprochen wird, dann wird dies erhebliche Folgen für das spätere Leben der Kinder haben. Das Beherrschen der deutschen Sprache entscheidet schließlich nicht nur über Bildung und Ausbildung, sondern auch über Teilhabe und sozialen Aufstieg in unserer Gesellschaft.

Ich sehe die Eltern daher in der Verantwortung, ihren Kindern von Beginn an ein gleichberechtigtes Lernen im Kindergarten und in der Schule zu ermöglichen. Schließlich baut Deutsch als gemeinsame Sprache Brücken und vermittelt ein wichtiges Identitäts- und Gemeinschaftsgefühl. Wer sich dem verweigert, nimmt jedem Kind seine Zukunftschancen.«

77.

– Wenn sie miteinander reden, dann immer nur in Russisch, weißt du. Ein paar Worte könnte ich noch verstehen, noch von der Schule. Aber sie reden wirklich immer nur Russisch miteinander, egal wo, auch wenn es gerade völlig unpassend ist. Was heißt unpassend? Soll ich dir ein Beispiel geben? Ich sitze daneben, ich sitze vor meinem PC, und dann kommt er rein und sagt irgendwas Komisches, ich zucke erst mal zusammen, weil ich nicht verstanden hab, zu wem von uns beiden er jetzt spricht, ob er mir etwas gesagt hat, ob ich was nicht verstanden habe. Die beiden unterhalten sich, alles schick, ich hab keine Ahnung, worum es geht, wenn es was Dienstliches ist, sollte ich darüber wohl auch Bescheid wissen, meinst du nicht? Und wenn es was Privates ist, dann sollen sie es irgendwo anders erledigen, aber es ist nichts Privates, ich weiß auch meistens, worum es geht, aber mir gefällt es überhaupt nicht, dass sie mich so ausgrenzen, und übrigens sprechen die beiden gut Deutsch, also kann es nicht daran liegen, dass sie nicht Deutsch können.

– Ich weiß, was du meinst, ich hatte mal so was Ähnliches. Das ist einfach absolut unhöflich.

– Und ich fühle mich wie total bekloppt, sitze da und die unterhalten sich über meinen Kopf hinweg.

– Was sagt dein Chef dazu? Hast du ihm was gesagt dazu?

– Noch nicht, werd ich aber machen. Ich überlege noch, was ich machen kann, lieber vorher überlegen, weißt du. Hab keine Lust, es mir mit allen zu verderben.

– Wieso mit allen, das sind doch nur zwei.

– Naja, in der anderen Abteilung gibt es auch eine Russin, die geht mich aber nichts an, die seh ich nie. Was soll ich dem Chef sagen.

– Na, dass du in einem deutschen Unternehmen bist, in Deutschland, und es komisch findest, wenn du so ausgeschlossen wirst. Meinst du, die machen das mit Absicht?

– Weiß ich nicht, keine Ahnung.

– Es ist schon eine Frechheit. Ich würde das nicht dulden die ganze Zeit. Wie lange machen sie das schon?

– Naja, ich bin ja erst seit einem Jahr dort, und die beiden schon länger. Einer schon seit fünf Jahren? Keine Ahnung. Hab auch keine Lust mehr, mich mit ihnen zu unterhalten.

– Und machen sie das immer so oder nur im Büro?

– Also ich weiß, dass sie manchmal mit Kunden auf Russisch reden, das ist auch was anderes, wenn der Kunde schlecht Deutsch spricht, die haben so ihre Stammkunden, mit denen sie Russisch reden, ist ja auch in Ordnung, da hat unser Chef wohl nichts dagegen, bringt ja was.

– Und Kaffeepausen, Mittag, Besprechungen?

– Da machen sie das auch, doch, ja. Sie reden mit den anderen auf Deutsch und miteinander wieder Russisch.

– Aber wenn du sagst, dass sie gut Deutsch können, warum wollen sie nicht Deutsch reden.

– Ist ja die Frage. Andererseits, was geht mich das an.

78.

Beneiden kann man dich nicht drum, sagte Mutter, als ich ihr am Telefon erzählte, dass ich schwanger war, Wie willst du dein Studium machen. Zum ersten Mal interessierte sie sich für mein Studium und ich erinnerte sie daran, wie sie zwei Kinder bekommen hatte, in den 90ern, der unpassendsten Zeit dafür, uns zu den Uniprüfungen mitgenommen hatte, weil sie uns nirgendswo unterbringen konnte, oder um Mitleid zu erwecken. Du bist nicht sparsam, sagte Mutter, Du kannst nicht mit Geld umgehen, du wirst es schwer haben, sag ich dir.

Dann begann ein Wettkampf, sie wollten ein Mädchen, sie standen auf kluge, wohlerzogene, süße Mädchen, aber weil wir einen Jungen wollten, wurde es ein Junge, ein kleiner Sieg über meine Eltern. Ein Mädchen würde ich nicht aushalten, es reicht mir aus, selbst eins zu sein, klärte ich Artur auf, Stell dir vor, ein Mädchen liebt den Vater mehr als die Mutter, also mich, und umgekehrt auch, du wirst mit einem Mädchen kuscheln und mich weniger lieben, und später muss ich ihr Tampons erklären und Slipeinlagen kaufen und über ihre Blutungen Bescheid wissen, eklig. Und sie wird meine Sachen anprobieren, ausleihen, wird versuchen, besser auszusehen und mir Konkurrenz zu machen, nein, ein Junge, der hat für alles mehr Zeit und darf mehr Fehler machen, wird nie schwanger aus Versehen und wir sind nicht dafür verantwortlich, macht einen klassischen Ödipus durch, solange die Mädchen so sind wie ich, gehört die Welt den Jungen, wir bekommen einen Jungen, das ist beschlossen.

79.

Mit sechs Monaten konnte sich Emil nicht alleine hinsetzen, mit zehn krabbelte er, anstatt zu gehen, mit zwölf sprach er unverständliches Gebrabbel, anstatt sich in Sätzen auszudrücken, jedes Mal wenn Mutter anrief, wiederholte sie all die Defekte, die sich bei Emil auftaten, äußerte Bedenken, riet mit Nachdruck, Apfelsaft der Vitamine wegen einzuführen. Dann rief Opa an und versuchte taktvoll herauszufinden, ob Emil denn auch Wasser bekomme, zum Trinken, neben der Milch, und ich lief in die Küche, sterilisierte ein Fläschchen, steckte es Emil in den Mund, aber er spuckte es aus, er wollte lieber verdursten, als meine Familie zur Ruhe zu bringen. Dann waren da diese Gläser mit Fertigbrei, Mutter rief an und erzählte, wo das Mikrowellenessen herkomme, wie sie früher Brei gekocht und Möhren und Kartoffeln jeden Tag, dass wir alle damit großgeworden, und Experimente am eigenen Kind, also klug könne man das nicht nennen. Und dann lag Emil einmal, als sie zu Besuch kam, mitten auf dem Boden, auf einer Decke, und Mutter war entsetzt, und das direkt vor der Balkontür, wo es zog bestimmt, sie saß da und zeigte mit dem Gesicht, mit zusammengepressten Lippen, wie geschockt sie war, auf jeden Fall nicht einverstanden. Mit zwei Jahren lief Emil in Windeln herum, Mutter war es peinlich, sie sagte, dass sie sich schäme vor allen, denen sie das erzählte, Das ist ja richtig peinlich, sagte sie. Auch schämte sie sich dafür, dass Emil in einer Krippe abgeliefert wurde, das erste Kind in der Familie, mit einem Jahr zur Krippe, sie bot an, an zwei Tagen die Woche zu kommen und auf Emil aufzupassen, drohte, nicht mehr mit mir zu sprechen, wenn ich mich tatsächlich so verhalten würde gegenüber dem eigenen Kind. Es gab da auf einmal so viele Dinge, die ich unbeachtet ließ, falsch einsetzte, von denen das Wohlbefinden, das Wachstum, die gesamte Zukunft meines Kindes, eines ganzen Menschen abhing, dass die einfachste, konsequenteste Lösung gewesen wäre, alles meiner Mutter zu überlassen, öffentlich die eigene Inkompetenz zu bekennen und mich in ein Kloster zurückzuziehen, oder so zu leben, wie vielleicht andere Mädchen meines Alters gelebt hatten, mit ihren Müttern, wie es sich gehörte. Einer kurzen dankbaren Euphorie (meine Eltern haben mich also auch gewickelt, gefüttert, bespaßt) folgte Misstrauen, Abwehr, meine Eltern wollten wieder respektiert werden als Besserwissende, wollten wieder die Macht an sich reißen, so verstand ich sie, und ließ sie nicht mit meinem Kind das Gleiche machen wie mit mir, vertrug es rein körperlich nicht mehr, mir wurde übel und schwindlig, erklärte am Telefon, dass es so nicht weitergehen könne, dass wir schließlich jetzt die Eltern seien und nicht sie. Mutter zog sich beleidigt zurück, Vater sprach von Regeln für die Gäste in seinem Haus, seiner Wohnung, und ich erklärte, dass unser Kind mit Barbies spielen dürfe und Armbänder tragen, und Vater sagte, dass in seinem Haus, in seiner Wohnung, und Mutter sprach von westlicher Unmoral und Homosexualität. Ich verkündete, dass unser Kind bilingual aufwachse, das Recht dazu habe, keine Puškinpoeme zu rezitieren, und Mutter sagte, dass sie sich schäme, so schlechtes Russisch zu hören, dass andere in seinem Alter, und Vater sagte, dass wir ihn selber in die Krippe, dass es kein Wunder sei. Das Kind hatte für sie keinen Wert an sich, es hatte einen Wert, der erarbeitet, verdient werden musste, zur Strafe wieder entzogen werden konnte, und ich war nicht einverstanden damit, weil ich einmal ein Kind sehen wollte, das von sich wusste, dass es an und für sich wertvoll ist.

80.

Als Teenager war es meinem Bruder peinlich, auf der Straße neben mir zu gehen oder sich woanders als zu Hause mit mir zu treffen, als ob man mich für seine Freundin halten könnte. Mir was es peinlich, mit ihm auf der Straße zu gehen, weil er vor sich hin durch die Brille schaute, mit gebeugtem Rücken, Blickkontakt vermied, weil es ihm immer peinlich war und er mir deswegen peinlich wurde. Dann wurde es ihm peinlich, sich mit mir und Emil auf der Straße zu treffen, oder mit Kinderwagen überhaupt, auch mit einem leeren, als ob man ihn für den Vater halten könnte. Emil mochte er nicht, schaute ihn nicht an, sagte, dass er unerzogen sei. So wirklich verstanden habe ich es nicht, warum wir den Kontakt abbrachen, einander zu ignorieren anfingen. Es waren viele Kleinigkeiten, die mich gereizt machten, aggressiv, denn vor den eigenen Verwandten konnte ich mein Kind besser beschützen als vor Fremden, weil ich wusste, wie die Verwandten sind, wenn sie erst Handlungsraum bekommen. Er zog in die gleiche Stadt zum Studium und zunächst sogar ins gleiche Wohnheim, da haben wir miteinander gesprochen und sogar zusammen gegessen, dann zog ich um und er auch, ziemlich gleichzeitig also, aber ich fand, dass er es nicht hätte machen sollen, nicht heiraten, kein Kind bekommen, ich hatte Sorge um das Mädchen und um das Kind, es würde nicht gut enden alles. Mein Bruder inszenierte sich als eine Reinkarnation des Großvaters, wiederholte das Unangenehmste an dessen Charakter, kleine Despotismen, närrisches Festhalten an der eigenen, ausschließlichen Meinung, seine Frau fügte sich ihr, vielleicht war es so üblich in China, ich konnte es nicht mitansehen. Einmal waren sie zu zweit bei uns zu Besuch, Emil lachte ununterbrochen, ein bisschen hysterisch, aus Überreiztheit und Schüchternheit paradoxerweise, mein Bruder nahm seine Frau an der Hand und schrieb später eine SMS, Er macht sich lustig über meine Frau, Es war das letzte Mal, dass wir bei euch waren. Ich natürlich überrascht und beschämt und wütend auch, verhielt er sich doch selbst wie ein dreijähriges Kind, ich entschied mich, mein Kind war mir wichtiger als das Kind meiner Mutter. Seltsame Begegnungen waren das, skurrile Gespräche, lange Atemzüge am Telefon, ein Warten, ob er mir antworten würde oder keine Lust darauf hatte. Ich wunderte mich, warum meine Eltern ihn mehr liebten als mich, war ich nicht akkurater, zielstrebiger, hatte ich nicht das zweitbeste Abitur an der Schule gemacht, nie geraucht, getrunken wie er, war ich nicht dabei, jemand zu werden, erste Honorare zu bekommen, hatte ich sie in den letzten Jahren je um Hilfe gebeten oder Geld, hatte ich nicht jedes Mal, wenn wir kamen, Blumen mitgebracht oder anderes, warum waren sie von meinem Kind so enttäuscht wie von mir, während jedes Problem, jede Schwierigkeit, die mein Bruder mit sich brachte, seinen Wert nur steigen ließ. Wir ignorierten einander nicht, weil jeder unsere Eltern für sich gewinnen wollte, nur reichte eine gemeinsame Kindheit nicht aus, um das Schweigen am Telefon zu brechen. Sie wollen nächstes Jahr nach Peking fahren, erzählte Oma, die es von meiner Mutter erfahren hatte, Aber mit einem Zug, Anton will nicht fliegen, er ist noch nie geflogen, und du.

81.

Hämmertage, so nannte ich sie, wenn morgens schon beim Aufwachen jemand links hinter dem Auge zu hämmern anfing, auf und ab, die Nerven entlang, wie Zahnschmerzen im Kopf. Die Nerven liefen zur Oberlippe, zum Kiefer runter, den Nacken links weiter, bis in die Fingerspitzen der linken Hand. Sie rochen nach Erbrochenem und warmem Bett. Axttage, an denen fühlte sich der Nacken an wie ein alter, trockener Baumstamm, der knackte und splitterte, es half, mit der Faust auf den Nacken zu schlagen, abgestorbene Stellen abzuschlagen, Förster zu spielen. Wassertage, das waren die Tage, die vor sich hin flossen ohne jegliche Spannung, an denen der zentrale Vorsatz lautete, Essen zu kochen, auf dem Sofa zu liegen, im Sudokuheft zu blättern. Sie waren selten, mussten vorbereitet, eingeleitet werden, von geschlossenen Geschäften, Regen und Hagel, Unwetterwarnungen. Schließlich die Mischung aller drei, kurz die Hämmer, Naproxen, Tee, noch mal Naproxen, dann leise die Axt, zum Abend hin dann Wein, Liebe und Entspannung.

82.

Gesucht Puzfrau 450€/Monat Melden im Gescheft.
Putzfee hat freie Termine um Sie im Haushalt zu unterstützen.
Zuverlässige Frau, 40J. hilft beim putzen und Reinigung.

— Guck mal, vor dem finalen Adverbialsatz muss ein Komma hin. Substantivierte Verben schreibt man groß. Hier ist ein Komma zu viel oder zu wenig. So schreiben gebürtige Deutsche, so erwache ich wieder zum Leben.

83.

Der Schuster wollte mir erklären, warum der Schuh meines Sohnes vorne gerissen ist und sich schlecht zukleben ließ, ausgerechnet vorne, ausgerechnet ein ganz neuer, einmal angezogener Schuh, er versuchte es über die Zurückführung des Wortes Leder auf das Wort Haut, Leder sei ja wie Haut, erklärte er, Leder sei wie Haut, genauso wie trockene Haut reißt, so reißt auch nicht eingefettetes Leder, wenn es zu einem Stoß kommt, immer einfetten, immer eincremen das Glattleder, wie Haut. Im Russischen ist koža beides, Leder und Haut, überlegte ich, warum schafft er sich selbst ein Problem, warum kann er nicht einfach koža sagen, wie viel Zeit könnten wir uns dadurch einsparen.

84.

1. Beschreiben Sie bitte in eigenen Worten Ihre wichtigsten Probleme:
Опишите пожалуйста своими словами Ваши главные проблемы:

2. Schildern Sie bitte kurz die Entwicklung Ihrer Probleme (vom Zeitpunkt des Einsetzens bis heute):
Опишите пожалуйста развитие Ваших проблем (с начала возникновения до сегодняшнего дня):

3. Was sind die jeweiligen Folgen für Sie und/oder andere Personen?
Каковы их последствия для Вас и/или других людей?

4. Bitte schätzen Sie durch ein Kreuz auf der folgenden Skala ein, für wie schwer Sie Ihre Probleme halten:
Пожалуйста оцените степень тяжести Ваших проблем при помощи крестика на шкале:

leicht störend — unerträglich
слегка мешают — невыносимы

85.

Es fehlt an Dolmetschern in unserer Kleinstadt, viele Geflüchtete brauchen einen Psychologen, die wenigsten gehen zum Psychologen, wollen zum Psychologen gehen oder wissen, dass es diesen Beruf gibt und sie dessen Leistungen in Anspruch nehmen können. Ich bereite eine Rede vor, eine Begründung, wieso ich dolmetschen kann, wieso ich Russisch kann, aber auch Deutsch, ich erröte bereits zu Hause, zwei Stunden vor dem Vorstellungsgespräch, als ich mir Begründungen für meine Sprache ausdenke, dabei reichen mein Vorname, mein Nachname und meine ungeprüfte, lauthals behauptete Zweisprachigkeit vollkommen aus, um meine Kandidatur glaubhaft zu machen. Dann sitze ich in einem kleinen stickigen Raum in einem Sessel an der Seite, links von mir der Patient, rechts von mir der Psychotherapeut, in der Mitte zwischen ihnen ein Tisch mit Wassergläsern und Taschentüchern. Obwohl ich die Kommunikation zwischen Patient und Psychotherapeut lediglich vermitteln, aber nichts hinzufügen, keine Fragen des Patienten eigenständig beantworten soll, durch meine Position im Raum die Zweisamkeit der beiden Hauptakteure nicht verletze, werde ich während der Gespräche zur Bezugsperson, an die sich der Patient in Wirklichkeit wendet, mit der er eine gemeinsame Sprache, eine Übereinkunft finden will, und ich löse mich ungern aus dem mir entgegengebrachten, unnötigen, sinnlosen Vertrauen und leite jede kleinste Frage prinzipiell an den Therapeuten weiter. Ich lerne Menschen kennen, die aus der Ukraine, aus Tschetschenien geflohen sind, sie warten auf den Bescheid, einige seit Monaten, einige seit Jahren. Vorschriftsgemäß setze ich mich nicht zu ihnen in den Wartebereich, sondern ziehe mich in die Teeküche zurück, um private Unterhaltungen zu vermeiden, und abends zu Hause gehe ich gedanklich unsere Dialoge durch, träume davon, wache nachts auf, suche nach besseren Übersetzungen, nach treffenderen Varianten, und versuche, die Erkenntnis zu unterdrücken, dass ja für keinen von ihnen die Therapie etwas bringen wird, dass eine gedolmetschte Therapie nicht möglich ist, und dass ich die Last, für jedes Wort dieser Menschen verantwortlich zu sein, nicht tragen kann.

– Я не могу, sagt der Patient, Mir geht es schlecht.

– Mir geht es schlecht, übersetze ich, Ich bin traurig,

– Warum sind Sie denn traurig, fragt der Therapeut.

– Glauben Sie, dass Gott gegen Sie ist, übersetze ich.

– Wenn ich das wüsste, sagt der Patient, Ich weiß nicht, warum er das zulässt.

– Wie kann ich es nicht sein, übersetze ich.

– Sie haben vier Kinder, eine Frau, Sie sind am Leben, sagt der Therapeut.

– Sie haben vier Kinder, eine Frau, Sie sind ein guter und tapferer Mann, übersetze ich.

– Danke, sagt der Patient.

– Vielleicht, übersetze ich.

86.

Vielleicht bildeten wir uns immer nur ein, es würde uns zusammen gut gehen; vielleicht schreckten wir davor zurück, die Zweckmäßigkeit, die Routine unseres Zusammenseins anzuerkennen, sie zur Sprache zu bringen. Plötzlich entstand, wie aus dem Nichts, ohne Grund, ohne nachvollziehbaren Anlass, eine gegenseitige Aggression, Mundwinkel und Finger zitterten, die Stimme wurde schrill, der Bauch blähte sich auf und schmerzte. Wir sagten einander nicht, was wir in diesem Plötzlich sagen wollten, zogen Grimassen und schluckten das, was wir sagen wollten, in uns hinein, anstatt uns anzuschreien, uns zu beschimpfen, mit Fäusten aufeinander loszugehen. Wie gerne würde ich in diesem

Plötzlich ihm auf den Rücken springen, ihn zu Boden werfen, überwältigen, umdrehen, mit einer flachen Hand gegen seine Wange schlagen, auf sein Gesicht spucken, auf die Augen, auf den Mund. Ich verstand nicht, woher sie kam, diese Schlagbereitschaft, diese Lust, ihn zusammengekrallt, erbärmlich, unter mir zu sehen. Das Schwierige, das mich von all dem abhielt (höchstens ließ ich eine Tür zuschlagen oder einen seiner zerbrechlichen Gegenstände, etwa seine Uhr, aus Versehen runterfallen), war die ebenso plötzliche Erinnerung daran, dass ich überwiegend von seinem Geld lebte, jahrelang, von meinem Gehalt gar nicht leben könnte, so, wie ich es wollte. Ich ging zu ihm, schlug ihn mit der flachen Hand gegen die Wange und sagte, Da, freust du dich, dass ich von dir lebe, dass ich dir nichts antun kann, und sprang, noch bevor er zu sich kommen konnte, auf seinen Hals, würgte ihn, biss ihn ins Gesicht, in die Augen, in den Mund.

87.

Что ты хочешь, frage ich Emil beim Bäcker, какую булочку, und habe vorher doch ganz normales Deutsch gesprochen (Guten Tag, Haben sie keine Rosinenbrötchen mehr, Einen Moment bitte). Die Verkäuferin schaut verwundert auf:

Das war eben kein Deutsch, oder?

oder

Was haben Sie ihm gesagt?

oder

Versteht er Deutsch?

oder

Geht er zur Kita?

oder

Können Sie es ihm übersetzen?

Und ich antworte:

Ne.
oder
Ich habe gefragt, welches Brötchen er will.
oder
Ja, das tut er.
oder
Er kann Deutsch.

88.

Als ich also aus den Nachrichten erfuhr, dass in unserer Stadt Hunderte von Geflüchteten ankamen, wusste ich sofort, dass mein Handeln gefragt war. Ich dachte an das Haus, in dem ich mit meinem Bruder und meinen Eltern einst untergebracht worden war, ein grauer Betonblock am Rand der Stadt, Metallbetten, Gemeinschaftsküchen, an das Bad konnte ich mich nicht erinnern, auch gut so. Ich erinnerte mich, wie sehr ich mich über Pappbücher und gebrauchte Plüschtiere gefreut hatte, die wir in der Unterkunft geschenkt bekamen, über bunte Gummibärchen und meine erste originale Barbiepuppe. Meinen Eltern hatten sich eine noch größere Konsumwelt eröffnet, in der es alles zu kaufen gab, was das Herz begehrte, beliebiges Obst und Gemüse, Schuhe und Kleidung in allen Größen, wirklich alles. Sie schoben den Einkaufswagen vor sich her, guckten, fassten Sachen an, legten einige in den Wagen, trugen die Tüten heim, packten sie aus und meine Mutter verordnete Regeln: Jeder nur zwei Gummibärchen. Dann durften wir noch ein drittes. Es dauerte einige Jahre, bis wir nicht mehr zum Roten Kreuz oder ins Sozialkaufhaus gingen, aus dem Plattenbauviertel in die Altstadt umzogen und gebrauchte Sachen ausschließlich aus dem Bekanntenkreis empfingen. Trotz der gemieteten Altbauwohnung haben wir den Status einer leicht asozialen Familie nicht überwinden können, meine Mutter war

Hausfrau, mein Vater verdiente wenig, wir waren Zeugen Jehovas, lebten nach Regeln und Verboten, wir sprachen miteinander Russisch und hatten nicht die besten Sachen an. Es war völlig egal, dass bei uns viel gelesen wurde, meinen Mitschülern war das völlig egal, mir eigentlich auch, denn ich hätte unseren Bücherschrank gern gegen ein Paar Lederstiefel und eine schöne Jacke eingetauscht. Jedenfalls dachte ich an all das, als ich von den Geflüchteten hörte, überlegte etwa ein Jahr lang, wie ich ihnen helfen könnte, und erschien schließlich in einer Begegnungsstätte für geflüchtete Frauen. Viele Kinder, sehr viele Kinder, viele Schwangere, viele Kopftücher, schöne Gesichter, sehr schön. Unter ihnen, ihren weichen Formen, ihren schamhaft versteckten Körpern war ich fast ein männliches Wesen, eine knabenhafte Figur. Weiblich genug, um in ihre Runde einzutreten, männlich genug, um ihre verhüllten Milchbrüste fasziniert anzusehen. Eine junge Frau lächelte, fragte nach meinem Namen, wir verabredeten uns zum Kaffee, zum Einkaufen, zu Flohmärkten. Sie kam aus Syrien, kannte weder Dostoevskij noch Achmatova, sie lächelte immerzu, genau wie ich, und von dem vielen Lächeln taten mir die Mundwinkel weh.

Wir gingen in Billigläden, ich legte hastig Zeichenblöcke und Bastelperlen in den Einkaufskorb, trat von einem Fuß auf den anderen, es wäre unangenehm, hier gesehen zu werden, in der Filiale einer ausbeuterischen Ladenkette mit Dumpinglöhnen. Sie stand lange da, überlegte, meditierte vor sich hin, legte die rosa Babysöckchen wieder zurück, drei Euro, teuer. Zu meinem Geburtstag schenkte sie mir Paraffinkerzen mit Glasuntersetzer aus dem gleichen Laden, ich schenkte ihr zu ihrem Geburtstag roten Nagellack, im Jahr darauf schenkte sie mir grüne Baderosen und ich ihr die Babysöckchen fürs kommende zweite Kind. Wenn ich etwas sagte, das sie nicht unbedingt verstehen sollte, etwas nebenbei, etwas Unwichtiges, vor mich her, dann wechselte ich auf ein seltsames Deutsch, auf abgebrochene, schlecht klingende, falsche

Sätze, baute hier und da ein russisches Wort ein, mit ihr brauchte ich auf meine Sprache nicht zu achten. Auch sprach ich mit ihrem Baby auf Russisch, weil das Baby mich sowieso nicht verstand, und meiner Meinung nach Russisch am besten geeignet war, um sich über einen kleinen süßen Menschen entzückt zu zeigen. Sie lernte so schnell Deutsch, dass ich bei ihren Fortschritten nicht hinterherkam, wenn ich noch taktvoll langsam Wort für Wort aussprach, Wir. können. zusammen. zum. Meer. fahren, fiel sie mir ins Wort, Ja, sehr gerne, ich liebe Meer, wann hast du Zeit.

Ich wollte mich als einen Teil der ansässigen Bevölkerung präsentieren, als einen Einheimischen, als einen Vertreter der ärmlichen, aber gebildeten, intellektuellen und aufsteigenden Mittelschicht. Mein Deutschsein war aber zu reflektiert, zu absichtlich, sobald ich das Pragmatische, die konkreten Ziele des Sprechens außer Acht ließ, wurde meine Sprache zu einer seltsamen Mischung, zu einer breit angelegten Performance, eigenartig und irritierend. Wenn sie ihr Kind mit habibi anredete und ich meins mit solnyško – wer weiß, ob wir wirklich das Gleiche meinten.

89.

Gebe zu, vielleicht hätten wir ein paar Jahre warten sollen, nicht viele, aber ein, zwei Jahre hätten schon einen Unterschied gemacht, ich zumindest wäre deutlich reifer, weiser gewesen, wobei, vielleicht bin ich das nur durch das Kind geworden, und ohne hätte sich nichts geändert bei mir, das kann sein. Wie oft habe ich es nicht richtig beschützt, habe für jemand anderen Partei ergriffen aus Höflichkeit den Gästen gegenüber oder aus Unsicherheit gegenüber einer anderen Mutter. Einmal waren wir zum Beispiel im Tierpark, drinnen in einem Häuschen mit Spielecke, weil es draußen regnete, und es kam eine bekannte

Mutter mit ihrer Tochter rein, gleichalt, und das Mädchen hat Emils Mütze genommen, abgewartet, ob ihre Mutter was sagen würde, die Mutter fing an mit Überredungskünsten, ich wartete und lächelte höflich, und Emil reichte es, er versuchte, sich die Mütze zurück zu erkämpfen, das Mädchen weinte, die Mutter war entsetzt, Mädchen schlägt man nicht und so. Und ich sagte das Gleiche zu Emil, anstatt das Mädchen an den Händchen zu greifen, die Finger auseinanderzudrücken, in ihre fiesen kleinen Augen zu schauen und fest auszusprechen, Gib die Mütze zurück oder willst du ein Problem haben.

90.

Dass Harry Potter trotz allem ein psychisch stabiles, selbstbewusstes Kind blieb, schnell Freundschaften schloss, und dann gleich fürs Leben, sich als belastbar, ehrgeizig, talentiert erwies, war das eigentliche Wunder. Glaubwürdiger, logischer wäre, er hätte vor Aufregung gestottert, als der riesige Hagrid erschien, würde sich nicht zutrauen, nach Hogwarts zu gehen, die Sicherheit des Gewohnten gegen abstruse Versprechen einzutauschen. Harry würde seinem Onkel irgendwann mit einem Gefühl tiefer Dankbarkeit dienen, denn was wäre aus ihm geworden ohne ihn, in seiner Kammer würde er sich an religiösen Aufsätzen versuchen oder mit einem Messer an den Handgelenken experimentieren, und bei jedem Besuch des Jugendamtes breit lächeln, Mir geht es gut, Ich bin mit allem zufrieden. Ein kleiner Idiot müsste er schließlich geworden sein, ein Bekloppter, sodass Professor Dumbledore und Professor McGonagall Blicke wechseln, sich eine Liste von Diagnosen, Verhaltensauffälligkeiten zeigen lassen, eine müde Handbewegung machen würden. Deshalb ließen Zeugen Jehovas ihre Kinder nicht Harry Potter lesen, um ihnen keine unbegründeten Hoffnungen zu machen, um sie auf eine

Realität einzustimmen, in der die eigenen Eltern immer die eigenen blieben, kein Zauberer geflogen kam, um einen am elften Geburtstag zu erlösen.

91.

Ein kulturell gebildeter Mensch tritt nicht in die AfD ein, weil er sich ernsthaft von Flüchtlingsheimen bedroht fühlt, sondern weil er versteht, warum und wie sich die anderen bedroht fühlen, und wie man daraus Kapital schlagen kann. Ich weiß nicht recht, ob ich lieber eine Alice Weidel nebenan hätte, klug und moralisch pervers, oder einen gutmütigen Gartenvereinsvorstand, der ein vor Fehler strotzendes Protokoll aushängt, dass Gärten nur für *Bürger mit deutschem Pass* zu kaufen seien. Dann doch lieber die Weidel, denke ich mir, denn sie wird sich nicht für mich interessieren, wird keine Zeit haben, um mich zu beobachten und Sprüche loszuwerden, und wenn jemand kommen sollte, um mich auszuweisen oder in ein Ghetto zu bringen, wird es auch nicht Weidel sein, sondern der analphabetische Mann. Der ist mir unheimlicher.

92.

Ich laufe und atme kleine Mücken ein, schmecke sie im Mund und schlucke sie runter, ich bin mir nicht sicher, ob es wirklich Mücken sind. Meine Brüste zittern, springen leicht auf und ab, die BH-Träger rutschen von den Schultern und ich ziehe sie wieder hoch. Frauen drehen sich um, wenn ich in der Dunkelheit hinter ihnen herlaufe, ihnen nahekomme. Ich laufe meinen Körper, führe ihn wie einen Hund oder wie ein kleines Kind aus, damit er sich bewegt, austobt und besser einschläft, ich laufe ihn, damit er schön wird, ansehnlich bleibt, man sagt, dass schöne Körper schlanke Körper sind, dass schlanke Körper sportlich sind, also laufe ich ihn und mache ihn zu einem Körper, den ich gernhabe. Ich hasse es, an Männern vorbeizulaufen, vor allem an angetrunkenen. Auch wenn sie schweigen, spüre ich ihren Blick auf meinem Rücken, meinem Po, meinen Beinen, einmal rief mir einer ermunternd zu, Hör auf mit dem Quatsch, besorg dir einen Mann, und er meinte es vielleicht gut mit mir, vielleicht mochte er füllige Frauen, vielleicht verstand er nicht den Zusammenhang zwischen Sport und Figur. Ich habe einen dicken Bauch, alles andere ist einigermaßen in Ordnung, aber der Bauch ist schlimm, dabei bin ich müde, jeden Tag müde, und weiß nicht, was ich mit dem Fett auf meinem Bauch machen soll. Ich laufe, um meine Beine, meine Arme wieder zu spüren, um tief zu atmen, ich laufe, um Männern zu gefallen, um von Frauen beneidet zu werden, je skeptischer die Blicke der Frauen werden, desto besser. Nach einem halben Jahr Pause laufe ich los, ich bin ein halbes Jahr nicht mehr gelaufen, und nun haben wir uns gestritten und ich laufe wieder los, laufe um einen See, laufe, bis mir schwindlig wird, die Beine weich werden, dann laufe ich zurück und überlege, was ich machen soll, wenn ich demnächst auf alle meine Bewerbungen um eine Stelle oder ein Stipendium eine Absage bekommen sollte, was mache ich dann bloß, überlege ich, und entscheide, dass ich dann jeden Tag laufen werde, jeden Tag, zwei Stunden am Tag, bis ich umfalle, und eine Diät muss ich mir ausdenken, grüne Smoothies auf Kiwi-Rucola-Basis, eine Scheibe Zwieback morgens, eine abends, nur durchhalten, am dritten Tag vergeht der Hunger von selbst. Weißt du, was ich an dir so mag, fragt er mich einmal, und ich lache und schäme mich und freue mich und denke daran, wie sehr ich auf mein Essen achte, auf meine Kleidung, meine Kosmetik, wie anschmiegsam ich bin und verletzlich und schüchtern, daran, dass ich ihm treu bin, dass ich auf seine Kleidung und sein Essen achte, schließlich, dass ich laufe, fast jeden Tag laufe ich, und er sagt, Ich mag an dir, wie du riechst, wenn du nicht geduscht hast.

93.

Ich will reden und rede wie kleine Kinder vor dem Einschlafen, in all meinen Sprachen gleichzeitig. Ich spreche unverständliche Sätze, gestikuliere, lache, weine, wische die Spucke von meinem Mund ab und setze mich wieder an den Laptop, um die Abschlussarbeit fertigzuschreiben.

Allmählich erfahren wir Details über Lebensumstände, Familie und Charakter der »Sanften« – alles in der Reihenfolge, in der diese Informationen den Ich-Erzähler interessieren und er Auskünfte über die junge Frau besorgt:

> Когда она вышла, я разом порешил. В тот же день я пошел на последние поиски и узнал об ней всю остальную, уже текущую, подноготную; прежнюю подноготную я знал уже всю от Лукерьи, которая тогда служила у них и которую я уже несколько дней тому подкупил.[1]

> Als sie fort war, entschloß ich mich sogleich. Noch am selben Tage begab ich mich auf meinen abschließenden Erkundigungsgang und erfuhr die letzten, die sozusagen laufenden Details über sie; die vorigen Details hatte ich von Lukerja, die damals Dienstmädchen bei ihnen war und die ich schon einige Tage zuvor bestochen hatte, erfahren.[2]

---

[1] Dostoevskij 1982, S. 10.
[2] Dostojewskij 2015, S. 13f.

Es schließt sich die Schilderung der Lebensumstände der »Sanften« an. Diese Reihenfolge ist erzähltechnisch nicht selbstverständlich, da der Ich-Erzähler das Wissen über die »Sanfte« im Augenblick des rückwärtsgewandten Erzählens schon besitzt und der Leser die »Sanfte« nicht besser als der Ich-Erzähler damals kennen darf.

Das Substantiv »podnogotnaja« im obigen Zitat bezeichnet geheime, verheimlichte Informationen; das Wort geht auf eine alte Foltermethode zurück, bei der man Nadeln oder sonstige spitze Gegenstände unter die Fingernägel einführte (»pod nogti« – »unter die Fingernägel«).[3] Auch wenn das Wort an dieser Stelle eine ironische, übertriebene Färbung hat (die Lebensumstände des Mädchens sind leicht herauszufinden, durch ihre Stellengesuche zum Teil offensichtlich), bleibt ein Beigeschmack zurück – statt das Mädchen selbst von sich erzählen zu lassen, kommt der Pfandleiher auf Umwegen zu Informationen über ihre Person, indem er die Bedienstete ihrer Tanten besticht. Später verfährt der Pfandleiher auf die gleiche Weise, um herauszufinden, wohin sich seine Frau allein aus der Wohnung begibt – er berichtet die genauen Summen, die er (diesmal den Tanten) für die Informationen geben muss.[4] Das Wissen, das der Pfandleiher über seine Frau besitzt, stammt nicht von ihr, sondern wird von anderen erkauft. Außer den groben biografischen Angaben (Tod der Eltern, Dienstrang des Vaters, Arbeit bei den Tanten, ein bestandenes Examen, Heiratsantrag des Kaufmanns) findet sich kaum etwas, das die »Sanfte« individuell kennzeichnet, vielmehr fungiert sie aus der Perspektive des Pfandleihers als Vertreterin der »Sanften«, der »Jugend« und der »Frauen«.

[3] Vgl. Ožegov, Sergej I. Tolkovyj slovar′ russkogo jazyka. 27. izdanie. Moskva 2011, S. 439.

[4] Dostoevskij 1982, S. 17; Dostojewskij 2015, S. 9.

94.

Ich sitze so da, stundenlang, starre auf den Bildschirm, öffne und aktualisiere abwechselnd die E-Mails, warte, ob mir vielleicht doch jemand was schreibt, eine Zusage zum Beispiel auf ein Stipendium oder wenigstens eine Absage, so weiß ich zumindest, dass ich mich weiter bewerben muss, oder jemand hat einen Auftrag für mich, Sortieren Sie bitte die Post nach Fächern (die Sekretärin ist weg und keiner macht das außer mir) oder Melden Sie sich bei Interesse zum Workshop an, und ich habe kein Interesse. So sitze ich da und bekomme vielleicht mal einen Newsletter der Jusos Oberbayern für Februar oder eine Einladung zur Mitgliedersitzung einer Graduiertenschule, von der ich nie gehört habe, oder schreibe Listen von Sachen, die ich erledigen muss, die ich nicht erledigen will, überprüfe meinen Kontostand, überlege, Emil ein neues Fahrrad zu kaufen, das alte ist ein gebrauchtes und sieht ziemlich schäbig aus, zu schäbig für einen so schönen Jungen eigentlich, schaue mir Bilder und Preise von Fahrrädern an, dann kommt eine E-Mail, ja, von einem, ja, afrikanischen Philanthropen, der zwei Millionen spenden will an mich, dann gleich noch eine von Frau Elisabet aus Cap Verde, die nach dem Tod ihres geliebten Ehemannes ein Vermögen wohltätigen Menschen wie mir zur Verfügung stellen will, selbst an fortgeschrittenem Speiseröhrenkrebs leidet. Ich habe diese Entscheidung getroffen, weil ich kein Kind habe, das dieses Geld erbt, schreibt meine Schwester in Christus, Keins wegen Faserproblemen, und ich überlege, ihr zu antworten, ihm wahrscheinlich, mich über das Leben in Christus auszutauschen, darin kenne ich mich ein bisschen aus, über Gotteshäuser, glückliche Ehen und das verheißene ewige Leben, Und ich sah die Toten, Groß und Klein, stehen vor dem Thron, und Bücher wurden aufgetan, bis ihm die Geduld platzt, und ich immer weiter E-Mails schicke an azznice27@yahoo.com, jeden Morgen eine neue Bibelstelle samt Kommentar zum Beispiel, anstatt Geldgeschäften, vergänglichen Reichtümern, erbauende Grüße aus Deutschland, biete ihm an zwei Tagen die Woche einen Intensivkurs Bibelstudium an, dann markiert er meine Uni-E-Mailadresse als Spam, meidet in Zukunft deutsche Uni-E-Mailadressen, und ich erinnere mich an das Gefühl, berechtigterweise abgewiesen zu werden.

95.

Natürlich bin ich wieder die Letzte, die gekommen ist. Der Kindergarten ist voll, so voll, dass ich mein Kind nicht gleich finde, da steht er ja, hält die Erzieherin fest an der Hand und wartet auf seinen Kuchen mit bunten Streuseln und Zuckerglasur. Ich entreiße ihn der Erzieherin, bin zwar zu spät, aber immer noch seine Mutter, und helfe ihm in meiner mütterlichen Funktion, so viel Süßigkeiten wie möglich auf seinen Teller zu stapeln. Dann suchen wir uns einen Platz im Flur, er sitzt auf einem Stühlchen, ich hocke daneben, hebe Krümel auf, die aus seinem vollgestopften Mund fallen, und versuche auszurechnen, wie viele Menschen hier versammelt sein könnten. Wenn von siebzig Kindern ganze zwanzig krank wären, kommen immer noch die Geschwister dazu, außerdem mindestens ein Elternteil pro Kind, manchmal zwei, dann noch die Großeltern. Im Flur, in der Kindergarderobe, sitzen im Kreis dicht beieinander ganze Familiengemeinschaften, Generationen, trinken Kaffee und finden die eigenen Kinder am hübschesten. Im Spielraum ist es nicht so voll, dafür sind hier diese beiden Mütter, die ich nicht ausstehen kann, und sie mich auch nicht, hier muss man alles unter Kontrolle halten, damit sie sich nicht freuen können, wie hysterisch wieder Emil sei oder wie ich doch offensichtlich überfordert. Emil springt einem Luftballon hinterher und findet alles wunderbar, er reagiert nicht auf meine Worte und bemerkt mich nicht, aber ich ahne, dass er sich in diesem Lärm verloren hat und genauso gut lachen wie weinen könnte. Draußen regnet es immer noch, das Sommerfest muss drinnen stattfinden, alle Schokoladenkekse und Gummibärchen sind längst aufgegessen, die ersten verzweifelten Kinder nehmen sich Weintrauben und Melonenstücke. Es wird hier immer wärmer, ich sehe immer schlechter und rede Emil unverständliche, halb begonnene Sätze hinterher. Im Sportraum ist ein Klettergerüst aufgebaut, normalerweise nur für Kinder ab vier Jahren, aber jetzt, wo die Eltern die Aufsichtspflicht tragen, wird dieses Gerüst aufgestellt, vielleicht zum ersten Mal. Emil steigt zusammen mit einem anderen Jungen schnell die Stufen hoch, steht ganz oben und lacht und schreit und möchte runter, aber auch wieder nicht, nein, und ich hoffe einfach, dass er nicht runterfällt und sich etwas bricht, das Genick vielleicht sogar, Oh Gott, Emil, komm bitte runter, aber die anderen klettern ja auch, wo sind ihre Eltern, wer schreit hier so laut, ununterbrochen, ein Geschrei in allen Altersstufen, von Neugeborenen bis zu Sechsjährigen, warum bin ich hier, was habe ich hier zu suchen. Ich kann mit Emil jetzt nicht nach Hause gehen, weil es so regnet und ich keinen Regenschirm habe, und freiwillig wird er nicht mitkommen, er will noch Bratwurst und Hüpfburg und alle Freude des Lebens. Mir fällt ein, dass eher ich auf der Stelle zusammenbrechen werde als er da oben, aber wenn es Emil ist, wird er vorher viel brüllen und um sich schlagen und beißen, also lieber ich. Ich gucke noch mal nach, ob sich Emil gut festhält, stelle mich auf eine blaue dicke Matratze daneben, schließe die Augen, und lasse mich fallen. Dann versucht Emil herunterzusteigen, setzt einen Fuß falsch, fällt, fällt direkt auf meinen Bauch und ich halte ihn fest, umschlinge ihn mit meinen Armen und Händen und Kinn und Knien und laufe dann wie verrückt zwischen all den Leuten aus dem Gebäude heraus, immer weiter die Straße entlang, so lange bis ich nicht mehr kann und Emil erkläre, dass er jetzt selbst laufen muss, erst mal bis zum Café, ein großes, wirklich großes Softeis mit bunten Streuseln, Schokolade-Vanille-gestreift, das wird vielleicht für den halben Weg reichen, und dann sehen wir weiter, wie wir nach Hause kommen.

96.

Vereinbarung

zur Erziehung des gemeinsamen Sohnes von diesem Tag an

§1

Beißen und Schlagen der eigenen Eltern ist kategorisch verboten. Bei Versuchen, streng (und laut) sagen: NEIN! (event. an den Händen festhalten)

§2

Da selbständige Fortbewegung auf der Straße (außer auf den Armen von Mama/Papa) verweigert, Lösungen:
- in den Kinderwagen setzen trotz Proteste
- an der Hand ziehen

§3

Kaputtmachen und Wegwerfen von Gegenständen – soll unterbunden werden.
Wenn der Gegenstand Gereiztheit auslöst, soll er auf einen unerreichbaren Platz verlegt werden.

§4

Aggression nach Trickfilmen, Lösungen:
- Trickfilme nur vor dem Essen (positive Ablenkung)

– nicht länger als 30 min (max. 3 ganz kurze oder 1,5–2 längere)
– nur ausgewählte Trickfilme! (»Vinni Puch«, »Kolobok«, »Krokodil Gena«, »Čunga-čanga«)

_______________, den ____________

Unterschriften aller Sorgeberechtigten: ______________________

97.

Sollte ich mich entspannen, fallen meine Augen heraus, fallen auf den Boden, rollen unter den Tisch. Deshalb halte ich beim Einschlafen die Lider mit den Fingern zusammen, beim Schlafen seltsamerweise halten sie von alleine. Ein Konzentrat aus vielen kleinen Bestandteilen, denke ich, die in jedem, und bestimmt, also wirklich in jedem, dann wird da so einmal im Jahr ein Psychopath geboren, ein Lustmörder, und dann meistens ein Mann, wenn eine Frau, dann schwarze Witwe oder bringt junge Konkurrentinnen um oder ertränkt uneheliche Kinder oder so, aber aus purer Lust doch meistens ein Mann, denk ich mir, der dann meistens Frauen und Kinder tötet, und seine Frau, irgendeine Frau hat er dann schon, der er einen Heiratsantrag macht vor Gericht, nachdem er zig Frauen aufgeschlitzt und aufgegessen hat, und sie nimmt ihn an und bekommt noch im Gefängnis ein Kind von ihm, und ich versuche daraus eine Theorie zu entwickeln, aber es gelingt mir nicht.

98.

Wir reden über eine Fortsetzung der Finanzierung unserer Promotionsstellen, die ungesichert ist, und ich möchte spontan sagen, Ėto i est' bol'noj vopros! Wenn ich es auf Russisch sage, versteht man mich nicht, und ich weiß, dass es nicht kranke Frage lauten kann, dass ein lexikalisches Wörterbuch nicht hilft, aber wie heißt es dann. Ich könnte versuchen, diesen Ausdruck im Russischen zu erklären, bevor ich ihn auf Deutsch zu formulieren versuche, weißt du, im Russischen sagt man kranke Frage, aber das meint ein akutes, schwer lösbares Problem, denn alles hängt von der Dauer der Finanzierung ab, können wir es uns noch leisten, unsere Dissertationen zu schreiben, sollten wir schon die nächsten Anträge ausfüllen, bekommen wir Fördergelder, und dabei spricht die Leitung nicht mit uns darüber, schweigt sich aus, es wird tabuisiert. Das alles kann ich sagen, aber die Pointe ist weg, die knappe Charakterisierung unserer Situation, die dadurch eine neue Dimension bekommt, sie in eine Reihe mit anderen kranken Fragen der Menschheit und dem typischen Umgang mit ihnen stellt. Es funktioniert nur spontan, daher zucke ich mit den Schultern und sage gar nichts, bevor man von meinen Erklärungen müde wird – warum kann ich es nicht einfach auf Deutsch sagen oder es ganz lassen.

99.

24.9.2019, Slawistentag Trier

Ein Fenster öffnet sich, ein alter Mann im dunklen Unterhemd steht dahinter, schüttelt eine dunkle Unterhose aus, schüttelt energisch, klopft sie sorgfältig mit der Hand ab, schüttelt noch mal und schließt das Fenster. Die Haustür öffnet sich, ein alter Mann im weißen Unterhemd mit Einkaufstasche in der Hand geht langsam heraus, bleibt vor der Tür stehen, dreht sich zur Seite und schaut, ob es was zu schauen gibt. Es gibt nichts zu schauen, er dreht sich zurück und geht zu den Papiertonnen. Öffnet eine Tonne, sie ist voll, nimmt Papiere der oberen Schicht, liest, legt sie zurück, eine Schachtel fällt, er schaut und kickt sie hinter die Tonne. Öffnet eine andere Tonne, sie ist nicht so voll, stellt die Tasche ab, drückt das Papier rein mit beiden Händen, bückt sich, hebt die Tasche, kippt das Papier aus, drückt rein. Schließt beide Tonnen, faltet die Tasche, geht zur Tür, bleibt stehen, dreht sich zur Seite und schaut, ob es was zu schauen gibt. Es gibt nichts zu schauen, er dreht sich zurück und geht zur Haustür, öffnet sie, bleibt stehen, geht rein und lässt die Tür hinter sich zufallen.

100.

Vernetzung, das war nie meine Stärke, eigentlich konnte ich Menschen schwer ertragen, im Café neulich mit einer Bekannten, ich ganz normal, also angespannt wie gewöhnlich, wie immer von Gewissensbissen geplagt (am Wochenende war ich einfach so, ohne wichtigen Grund, ins Kino gegangen), spielte mit Haargummis am Handgelenk, die ich extra dafür trug, obwohl ich längst kurze Haare hatte und gar nichts zum Zusammenbinden, sie dehnte und rollte und um den Finger wickelte, bis er blau anlief, dann den Knoten löste, von vorne begann, und sie, diese Bekannte, beobachtete mich wohl eine Weile, erzählte etwas, was mich nicht sonderlich interessierte, jedenfalls nicht so, um mich von den Haargummis abzulenken, und sagte ganz nebenbei, Bist du eigentlich nervös, und durch die Frage erst wurde ich dann richtig nervös.

101.

Artur sagte, als ich wieder anfing mit Geständnissen und Gewissensbissen, Du wurdest mit einem Schuldgefühl erzogen, und hatte keine Lust mehr zuzuhören, mochte es nicht, mir zuzusehen, wie ich mich vor ihm erniedrigte, und ich hatte dann auch keine Lust mehr, mich für alles zu entschuldigen.

102.

Die Syrer sind zu Besuch. Sie sitzen da und essen nicht. Er hat seine Spaghetti nur mit etwas Parmesan überschüttet, zwei, drei Mal probiert und die Gabel wieder hingelegt. Sie isst langsam, aber ungern, probiert etwas von den Muscheln, fragt, ob die Tomaten scharf sind, isst wieder ein wenig. Er trinkt von seinem Apfelsaft, stellt das Glas hin, betrachtet die Tischdecke, wartet darauf, dass das Essen vorbei ist. Isst man bei euch denn Spaghetti, frage ich scheinbar ruhig, freundlich, lächelnd, Doch, sagt sie, Man isst, doch, ich werde nervös und biete keinem mehr was an, sollen sie sich nehmen, was sie wollen, aber sie wollen nichts, sie sitzen da, er isst nicht, sie stochert mit der Gabel im Teller herum und fragt nach einem Taschentuch, ich springe auf, nein, ich habe Servietten hingelegt, sie will wirklich nur ein Taschentuch haben. Ich räume den Tisch ab, sie sagt, Danke, es war sehr lecker, aber sie aß kaum etwas, er sagt gar nichts, und ich nehme schweigend die Teller und räume sie vom Tisch und biete Kaffee an, oder Tee, schwarz oder grün. Sie sagen Kaffee, ich habe keine Ahnung, wie sie ihren Kaffee haben wollen, wie sie ihn normalerweise gernhaben, was man bei ihnen so reintut an Gewürzen, Zucker, Sahne, Pfeffer, Zimt, Kardamom vielleicht, wie man ihn kocht, bei Tee ist es noch komplizierter, deshalb freue ich mich, dass sie Kaffee und nicht Tee gesagt haben.

103.

Natürlich konnte ich keine Gedanken lesen, von den einfachen Verkündigern, den Pionieren, den Ältesten und Aufsehern und Bethelmitarbeitern, sie hatten bestimmt alle ihre Motive, Geld bekamen sie aber keins, eher umgekehrt, sie führten eher ein bescheidenes, sparsames Leben, verzichteten auf Hochschulabschlüsse, suchten sich Teilzeitjobs, es war unschön, Geld zu häufen, wo doch das Ende des Systems der Dinge bevorstand. Jetzt wiederum, fünf Jahre nach meinem Auszug, stelle ich mir das Ganze als ein Computerspiel vor, ich gründe ein Zweigkomitee, lasse Königreichssäle von kostenloser Arbeitskraft bauen, ernenne Älteste, bringe das System ins Rollen, und dann beginnt langsam von unten auf ein kleiner, aber beständiger Geldstrom zu fließen, ein Teil fließt in die Bethel, ein Teil geht weiter, zur Spitze der Pyramide, und irgendwann amortisiert es sich und darüber hinaus. Es gibt, angeblich, etwa acht Millionen Zeugen Jehovas, nehmen wir an, es würde sich nur um vier-Personen-Haushalte handeln, also zwei Millionen Einheiten, und jede Familie würde im Monat nur zehn Euro spenden, nicht mehr, dann wären es zwanzig Millionen im Monat nur, davon natürlich Papier und Druckertinte und Drucker, Essen und kleines Taschengeld für die Arbeitskräfte im Bethel, aber zwanzig Millionen.

Mein Problem ist, ich kann nicht ökonomisch denken, habe es nie gelernt, mit Ausnahme der reduzierten Joghurts und Sonderangebote, aber irgendwie kommt es mir verdächtig vor, weil auf den unteren Ebenen ja das Meiste selbstfinanziert wird von der Gemeinde. Vielleicht ist es in Wirklichkeit ein Literaturabonnement, das acht Millionen Menschen eingehen, und dafür nicht festgelegte, freiwillige, aber offenbar genügende Summen zahlen, die Literatur selbst ist nicht schwer zu schreiben, primitiv ist sie, sich selbst endlos zitierend und wiederholend, vielleicht gibt es so ein Programm, für jedes Schlagwort setzt es automatisch passende eingeklammerte Bibelstellen in den Text ein. Die Körperschaft hat nicht groß Steuern zu zahlen als religiöse Organisation und Körperschaft des öffentlichen Rechts usw., im Unterschied zu gewöhnlichen Literaturabonnements gibt es kein Zurück, je länger man dabei ist, desto höher die Wahrscheinlichkeit, dass alle Freunde, Bekannte, ja Verwandte sogar der Gemeinschaft angehören, die einen, sollte man austreten, für immer ignorieren würde.

Wie lässt sich dieses Ökonomische vereinbaren damit, dass es Zeugen gab, die ins KZ gingen, in Gefängnisse, für ihren Glauben wohl aufrichtig starben, und dann diese zwanzig Millionen. Märtyrer, sage ich mir, die gab es ja immer, eigentlich sind acht Millionen nicht viel, bestimmt gibt es mehr orthodoxe Veganer auf der Welt oder Mitglieder in Swingerclubs oder Harry Potter Fans, ich weiß noch so wenig von der Welt.

104.

Das ist, als ob man, als wenn man das Licht anmacht, am Fenster in der Küche sitzt, keinen sieht in der Dunkelheit draußen, geblendet wird von den eigenen Lampen und Glühbirnen, den vielen Spiegelungen, die sich auftun, und draußen, irgendwo unten, steht einer mit Hund und schaut hoch und schaut einen an. Das Sinnvollste, das Beste, was ich machen kann jetzt, und überhaupt, ist, die Krümel vom Tisch abzuwischen.

105.

Jeden Tag eine Tablette morgens und eine abends, als Langzeittherapie gegen Migräne, von den Tabletten wurde ich zunächst ruhig und schläfrig, konnte in jeder Pose, zu jeder Uhrzeit einschlafen, hungrig immer, der Puls in der linken Schläfe, hinter dem Auge, stumpfte ab, es wurde fröhlich, dann wurde es seltsam bedrückend. Darf nicht eingenommen werden bei aus der Vorgeschichte bekannten depressiven Störungen, stand auf dem Beipackzettel, die Ärztin sagte nichts dazu und fragte mich nicht danach, wobei mir ja unklar war, ob es sich bei den depressiven Phasen in meiner Vorgeschichte wirklich um depressive Phasen handelte oder um Gewohnheit, Pessimismus und Antriebslosigkeit, Faulheit vielleicht. So spürte ich eine grundlose, pechschwarze Traurigkeit, der jeder Anlass recht war, um dumme Fragen zu stellen, Wäre es eigentlich nicht besser für alle, einfach vom Balkon zu springen, wäre es nicht einfacher, mir rechtzeitig einen guten Tod zu wählen. Sport hilft, sagte man immer, also joggte ich bis zum Wald und zurück, kam zurück, als das Kind schon schlief und Artur auf dem Balkon saß, setzte mich ihm gegenüber, fing an zu weinen, ging rein und konnte gar nicht mehr aufhören, und immer diese Balkone, zwei hatten wir, zu beiden Seiten, diese Balkone und diese Dachgeschosswohnung.

106.

Irgendwann saß ich nur noch auf dem Bett. Ich wachte morgens auf, machte mich im Bad fertig, fütterte mein Kind, zog es an, fuhr es in den Kindergarten, fuhr wieder nach Hause, setzte mich aufs Bett und schaute vor mich hin, Stunde für Stunde. Es war ein endloses Land, das ich vor meinen Augen sah, auf der weißen Wand gegenüber gespiegelt, eine luftleere Landschaft, und die einzige Möglichkeit, darin Halt zu bewahren, bestand darin, regungslos auf dem Bett unter einer Decke zu sitzen und auf die Wand zu schauen. Nachmittags fuhr ich wieder in den Kindergarten, holte mein Kind ab, fütterte, bespaßte, wusch es, legte es schlafen, machte mich im Bad fertig, setzte mich auf das Bett und schaute auf die Wand, bis ich irgendwann einschlief, früh aufwachte, das Kind fütterte, anzog, bespaßte, zum Kindergarten fuhr. Wir haben uns heute mit Konrad und seiner Mama getroffen nach der Kita, schrieb ich Artur, der auf einer Dienstreise war, Wir haben dann auf dem Marktplatz Eis gegessen,

Schokolade-Vanille gestreift, ich habe eben eine Zusage bekommen für eine Veröffentlichung, wann kommst du eigentlich genau zurück, ist das Hotel in Ordnung, hab neue Bettwäsche gekauft, weil sie reduziert war, von Tom Tailor, blau mit grauen Punkten, hier, was meinst du. Um nicht verrückt zu werden, und darauf liefen die Wand und das Bett und das Sitzen und Gucken hinaus, rief ich meine Oma an, um die eigene Lebenswelt als ungeheuer spannend und den eigenen Körper im Gegensatz zu ihrem wieder als kraftvoll und begehrenswert zu erleben. Doch Oma klagte über eine langanhaltende Verstopfung und ich verlor den Appetit am Gespräch. Dann rief ich zwei Freundinnen an, die mich fragten, wie es meinem Kind und meinem Mann ginge, rief meine Mutter an, um einen Anlass zu Empörung, Streit und Ärger zu haben, dadurch festzustellen, dass ich noch lebe, aber sie nahm nicht ab, das Telefon lag auf dem Bett, ich saß auf dem Bett, es war Zeit, zum Kindergarten zu fahren. Wer kann mir denn meine Existenz bezeugen, dachte ich, vielleicht bin ich eine der gogolschen toten Seelen, vielleicht existiere ich nur zum Schein, als fahler Körper unter der Decke.

107.

Ich dachte, dass sie mich liebten, aber auf eine so eigene, unerträgliche Weise, dass es mir leichter fallen würde zu denken, sie hätten es nicht getan. Je länger ich ohne sie lebte, je eigenständiger ich wurde, je mehr eigene Kinder ich haben könnte, desto plötzlicher kamen Ängste, panische Zustände, und zwischen ihnen eine sinnlose Sehnsucht. Ich konnte kein Zimmer staubsaugen, kein Fenster polieren, ohne mich verschwinden zu fühlen, aufgelöst, als Wiedergeburt meiner saubermachenden, staubsaugenden Mutter; ich konnte keine Spaghetti kochen, ohne mich in ihrer Küche zu spüren, in der ich nichts zu suchen hatte, konnte kein Wort in den Mund nehmen, das sie einmal ausgesprochen hatte, und betastete vor dem Spiegel im Bad mein Gesicht auf mögliche Ähnlichkeiten mit ihr. Ich konnte nicht weinen, und wenn, weinte ich aus Scham, geweint zu haben, zu Mutter geworden zu sein, für deren Weinen ich mich schämte. Ich konnte nicht wütend werden, ohne Vater zu werden, der mir einmal in der Wohnung hinterhergelaufen war und einen Pantoffel gegen die Badezimmertür geschleudert hatte. Ich konnte nichts über mich und meine Eltern sagen oder schreiben, ohne an die Enttäuschung meines Vaters zu denken, der einen Text von mir gegoogelt hatte. Je länger ich nicht mit ihnen sprach, sie ignorierte, desto näher spürte ich eine Erkenntnis, die mir in den Körper eingeschrieben war seit der Geburt. Ich schloss mich abends im Bad ein, setzte mich auf die Fliesen und weinte vor Scham und fragte mich nach meinem Wert, nach dem Wert meiner Hände, meines Gesichtes, und glaubte, so einen Ritus zu vollführen für einen mir unbekannten, aber sinnergebenden Zweck.

108.

Ich möcht tot sein, schreit der Betrunkene von seiner Bank aus vor dem U-Bahn-Eingang Max-Weber-Platz, wo der Landtag ist und Friedensengel und die Villa Stuck, zieht sich die Hose hoch, und noch mal, Ich möcht tot sein. Ein Mann am Zeitungsstand gegenüber antwortet, Wenn man tot sein möchte, also, wenn man tot sein möchte, und freut sich darüber, reden und mitreden zu können. Hat der Müllmann auch gesacht, sagt der Betrunkene, Weisste was er gesacht hat. Zwei Pflanzen werden in Dantes Hölle wachsen, denke ich, zwei Bäume, oder Büsche eher, im siebten Kreis, im zweiten Ring.

109.

Franziska hieß sie, meine ältere Schwester, von der ich träumte, dass ich sie hätte (wie unwahrscheinlich der Name, nie hätten meine Eltern ein Kind Franziska genannt), jedenfalls träumte ich davon, dass ich sie hätte, nie gekannt, weil sie sich mit Schlaftabletten, und nie gesehen, aber ich erriet intuitiv ihr düsteres Geheimnis, fuhr nach Greifswald, dort, gegenüber dem Rockcafé, dessen Besitzer mich damals gern gesehen und beinahe mit einer Art Bewunderung im Blick verfolgt, was meinen Selbstwert enorm hatte steigen lassen, vielleicht alles nur Einbildung, jedenfalls da, neben dem Kinderspielplatz, auf dem ich mit Emil und wir zu dritt und nach der Kita fast jeden Tag immer, dort stand auf einmal ein Anhänger, ein Laden, wo eine Frau Traumfänger verkaufte, mit Perlen und Muscheln und Federn, und ich erkannte in den weißen Perlen die Schlaftabletten, zu denen Franziska, als sie es nicht mehr ausgehalten hatte mit unseren Eltern, und ich nahm einen Traumfänger mit und legte ihn abends zu Hause auf den Küchentisch, vor meinen Eltern, und sie sagten nichts und wussten von nichts und taten so, als ob sie von meinen Beweisen, meiner Aufforderung, meinem Aufstand unbeeindruckt blieben.

110.

Bei facebook kündigte eine ihren Geburtstag an und eine Massenparty, mit Treffpunkt in der Stadt und dann immer weiter nonstop, und ich zog mich innerlich sogleich zurück, üble Vorstellung einer lärmenden und fröhlichen Menschenmenge. Aber ich aktivierte mein Geburtsdatum, machte es für andere sichtbar, um am eigenen Geburtstag vielleicht von mehr Leuten Gratulationen zu bekommen, eine Party kam nicht infrage. Das wurde ein Sitzen vor dem Laptop, ein ständiges Aktualisieren und Zählen, Leute, die mich kannten, gratulierten nicht, dafür aber völlig Unbekannte, und insgesamt waren es zu wenige. Geburtstage musste ich noch lernen, wie damals die Schimpfwörter mit einem Wörterbuch, es war nicht wirklich prickelnd. Mutter war einmal enttäuscht, als wir, ich und mein Bruder, den Hochzeitstag vergessen hatten, kein Geschenk vorbereitet, nicht mal ein paar Nelken oder so, und ich war nach der Musikschule ins Einkaufscenter gerannt und hatte zwei kleine reduzierte blau-weiße Kaffeetassen mit Untersetzern gekauft, sah Mutter an, dass sie ihr nicht gefielen, dass es eine billige Art war, sich freizukaufen, sah die Tassen auch nie wieder, vielleicht hatte sie die Tassen weggeworfen, wie ich ungeliebte und unnötige Dinge wegwarf später in meiner Wohnung.

Emil, er bereitete sich nun ernsthaft auf Geburtstage vor, bastelte Karten, malte Regenbogentorten mit Schleifen, sagte dann, Du musst mir aber auch vier Geschenke schenken zu meinem Geburtstag, sonst ist das unfair.

111.

7.6.2020, bei München
Wir sitzen oben, auf dem Dachgeschossbalkon. Links unter uns ein gemietetes Grundstück, drei Kinder, zwei Mädchen, ein Junge, der macht abends gern Theater, sie gehen noch nicht zur Schule, das weiß ich, weil sie erst nach acht rausgehen morgens, abends sind sie im Garten, die Mutter pflanzt Sonnenblumen aus einer Kartonschachtel vom Gartencenter Dehner entlang des niedrigen Drahtzauns, taktvoll und langsam, um ihre Vermieter daneben nicht zu verstören, werden die Sonnenblumen sich einleben, werden sie eigentlich hoch genug. Rechts ist ein Grundstück in Eigentum, man sagt, hab ich gehört, hier kostet

ein Quadratmeter ab zweitausend Euro, stell dir vor, und eine dicke Frau pflanzt Chrysanthemen und rote Petunien und gelbe Löwenmäulchen vom Dehner in blau glasierte Keramiktöpfe, stellt sie auf blau glasierten Keramikuntersetzern entlang der Terrasse auf. Wir haben auch Blumen, sage ich, Die Geranien, schau mal, wie sie blühen, sie überleben hier ohne Wasser und Dünger, ohne Liebe, die sind gut, die aus dem Gartencenter. Rupfst du die verwelkten Blüten nicht raus. Sie sind mein Sichtschutz, sage ich, Rohrmatte wäre zu auffällig, als ob man etwas zu verbergen hätte, weißt du, das würde verdächtig wirken, umso mehr Aufmerksamkeit auf sich lenken, und das will ich auf keinen Fall, die Aufmerksamkeit. Sie legen hier so kniehohe Zäune an, alles durchsichtig und Schein, sie tun so, als hätten sie nichts zu verbergen. Woher kommen dann die Kinder, schreie ich plötzlich auf, Woher, wenn sie gar nichts zu verbergen hätten, hätten sie keine kriegen können, warum legt sich die Tochter der Nachbarin von rechts im pinken Bikini sonnen direkt neben dem Zaun, zuerst Po oben, dann die Brüste, wenn jemand auf dem Balkon sitzt, kommt sie raus, warum bräunt sie sich, für wen, wenn sie nichts zu verbergen hat. Möchtest du ein Fernglas haben. Es wird keiner sehen, wir sind geschützt durch die welkenden Geranien, schau mal, was die Frau dort macht am Zaun. Dann schau ich mal, aha, schau mal, sie hält irgendwas in der Hand, es glänzt, ein Fernglas vielleicht.

112.

Zwischen dem Mann und dem Kind steht der Körper der Frau, der Mann schiebt sich in den Körper der Frau hinein, befreit sich wieder, im Körper der Frau bleibt die Hinterlassenschaft des Mannes, es wächst ein Embryo heran, es wird immer größer, besetzt immer mehr Platz, bestimmt Hormone, Verdauung,

Schlaf, Gewicht, Haut, Haare, Zähne der Frau, befreit sich wieder, dann kümmert sich die Frau um das Kind und um den Vater des Kindes oder um einen anderen Mann und kann noch mal ein Embryo in sich bemerken, wenn sie glaubt, verhütet zu haben. Das Kind ist gut und zärtlich und schön, der Mann ist gut und zärtlich und schön, jeder auf seine Art natürlich, der Körper der Frau beruhigt Kind und Mann, am Tag, in der Nacht, vor dem Einschlafen besonders, er wird wertgeschätzt, gern gehabt, gestreichelt, gesaugt, umarmt, evolutionsgeschichtlich ist er ein Bindeglied zwischen Mann und Kind, er ist einiges wert, wenn er jung und gepflegt ist und ein Kind austragen kann, das Potential dazu zeigt, er lässt das Kind und den Mann zur Welt kommen, er verträgt schlechter Alkohol oder ungesunde Ernährung oder Rauchen oder Drogen, er wird schneller süchtig, altert schneller, verwest schneller in der Erde. Verstehst du das. Ich will ein zweites Kind, nicht, weil ich es will, sondern weil ich es brauche, als Garant meines Körpers, um zur Ruhe zu kommen, um wieder auf dem Rücken schlafen zu lernen, mit gutem Gewissen essen zu können, damit mir wieder Brüste wachsen, damit ich für dich wieder wichtig werde, du kannst noch in zehn Jahren ein Kind bekommen, in zwanzig vielleicht sogar, mit einer anderen, ich nicht, ich habe dir doch eben alles erklärt, verstehst du das.

113.

Unser Wochenende verbrachten wir zu Hause, im Discounter, im Tierpark, auf einem Spielplatz, am Meer, am See, in der Eisdiele, meist verbrachten wir es zusammen, zu dritt, und an jedem Sonntagabend freute ich mich auf Montag. Ich hatte sie gern, meine Männer, den Großen, den Kleinen, und doch nervten mich unsere gemeinsamen Wochenenden ungemein, sodass ich ihnen beiden gegenüber am Sonntagabend massive Antipathie verspürte, den Kleinen so früh wie möglich ins Bett brachte, ein sinnloses, nie gelingendes Vorhaben, den Großen ignorierte, anzischte, auf irgendeine Weise zu demütigen versuchte in Form von Befehlen und Ekelbekundungen (Wäscht du jetzt endlich das Geschirr ab, Willst du dich nicht mal duschen), ja ihn manchmal bespucken, verprügeln wollte, um ihn dann vor dem Einschlafen, mit fester Zuversicht auf den Montag, den Tag der Arbeit, wieder um Vergebung zu bitten. Auch dem Kleinen gegenüber war ich oft unbeherrscht und grob, sein unverhältnismäßiges Schreien bei jeder Kleinigkeit brachte mich immer wieder aus der Fassung, mein junges Leben erschien mir umsonst vergeudet, die Weiterentwicklung meiner Talente gegen diese eintönige, unausgeschlafene Heimexistenz eingetauscht, ich hatte keine Freude daran, Sachen zu erklären, die ich schon wusste, und zweifelte daran, ob ich die geeignete Bezugsperson für mein Kind, überhaupt für ein Kind wäre. Auch wusste ich nicht, ob ich es in meiner Arbeit, meinen Gedichten, meiner Dissertation, zu etwas bringen würde, ob ich klug und energisch genug wäre, und litt an den zwecklosen, deckungsgleichen Wochenenden, empfand sie wiederum auch als Strafe für mein Versagen während der vorangegangenen fünf Tage. Was wir dem Kind gaben, wurde von ihm nicht geschätzt, kein einziges Mal sagte es aus eigenem Antrieb heraus Danke, und das Komplizierteste daran war, dass wir auch kein Recht hatten, Dank zu erwarten, uns ja bewusst auf eine jahrelange einseitige, parasitäre Beziehung eingelassen hatten. Glaubt er mir, dass ich ihn geboren habe, fragte ich mich abends, wenn sein zartes Gesicht einschlief, Habe ich ihn überhaupt geboren, woher sollte ich es wissen, meinem Körper waren keine Spuren mehr davon anzusehen, keine Beweise, ich habe keine Nabelschnur gesehen, keine Geburt. Wie kann mein Mann glauben, dass ich ein Kind von ihm geboren habe, sein Leben von diesem Glauben bestimmen lassen, wenn nicht mal ich ganz daran glaube, und doch fungierte er als Zeuge dessen, was ich selbst nicht gesehen habe. Unser Zusammenleben basierte auf dem gegenseitigen, mal erstarkenden, mal nachlassenden Glauben an unsere körperliche Verbundenheit, und ich war das Bindeglied zwischen dem Großen und dem Kleinen, von anderem Geschlecht zwar, vielleicht deshalb aber trotz aller Unbeherrschtheit akzeptiert, der Große war das Bindeglied zwischen mir und dem Kleinen und umgekehrt, mindestens sechs unterschiedliche Stränge, die uns verbanden.

Ich putze die Reste roter Kinderzahnpasta vom Waschbecken, sortiere Socken nach Formen und Farben, erlange trotzdem nicht den Status einer Guten Mutter in den Augen anderer Frauen, Freundinnen, Kolleginnen, Bekannten, unserer Vermieterin, Kindergartenleiterin, Kinderärztin, meiner Mutter, denn alles, was ich tue, ist ein obligatorisches Minimum, von Guter Mutter weit entfernt. Einmal die Woche kommt eine Putzfrau, wischt das Treppenhaus und ich leide aus weiblicher Solidarität, wenn ich an ihr vorbeigehe, vielleicht wäre es meine Aufgabe gewesen, die Treppen zu wischen, immer sind es Frauen, die Treppen wischen, warum soll ich besser sein als sie. Was soll denn das sein, fragt er, Weibliche Solidarität, und wir küssen uns, prallen mit den Mündern aufeinander, warm, weich, und wenn mich das andere, kleine, zarte Gesicht küsst, sehe ich ein, dass ich auch daran zu glauben lernen muss, dass mein Kind mich mag, nicht für immer vielleicht, aber dass ich nichts zu verlieren habe, mich höchstens irren, mir nicht alles endlos beweisen kann.

114.

Die Zeit der Windeln, Magendarmerkrankungen und Vorsorgeuntersuchungen war vorbei, es begann eine neue Phase, Geschlecht und Risikobereitschaft, der soziale Status der Familie als Bildungsindikator, neue Verdachtsmomente kamen dazu, wie beim Lesen einer medizinischen Enzyklopädie, wenn die Symptomatik verschiedenster Krankheiten auf alle Bekannten und Verwandten, vor allem auf einen selbst zuzutreffen schien, oder wie bei einem Telefonat mit Mutter früher, die bei Emil Entwicklungsstörungen diagnostizierte. Da war einmal das Fehlen stabiler Freundschaften, was verständlich war durch die vielen Umzüge, aber auch autistische Merkmale, eine Sensibilität bezüglich Kleidung, Stoffen, Gerüchen, doppelt angezogene Socken und Hosen, Zwangsneurosen vielleicht. Parfüm und Cremes konnte er nicht leiden, ja weinte und schimpfte, wenn er ihnen nahekam, weitaus schärfere Gerüche störten ihn aber nicht, er beharrte auf Trennkost, richtete für jede Art von Essen eine Tellerseite ein, interessierte sich weder für Fußball noch für Ninjas, malte und bastelte stundenlang im Zimmer, freundete sich nur mit Mädchen an, das vor allem bereitete Sorgen, würde das akzeptiert werden in den älteren Klassen, würde man ihn mobben dafür, was konnten wir tun, was verstärken, was einführen, was unterlassen. Ein Kinderpsychotherapeut, der erste, den ich beim Googeln fand, schloss aus meinen aufgeregten Schilderungen, dass es sich möglicherweise um Asperger handeln könnte, ich widersprach schockiert, Humor zum Beispiel verstehe er gut und Freunde habe er auch und überhaupt, ich überzeugte den Therapeuten, blieb selbst verunsichert, las Wikipediaartikel, stellte bei mir, bei Artur, bei meiner gesamten Familie autistische Tendenzen fest, aber Inselbegabungen seien doch gut, Sonderinteressen, ich hatte mir Emil immer schon als Künstler vorgestellt, einen konzentrierten Schöpfer, Buchillustrator zum Beispiel oder Marionettenspieler, irgendein spezifischer, wunderbarer Beruf, kein Unternehmensberater. Mehr lesen sollten wir, mehr Bücher kaufen und sie öfter wiederholen, ausführlicher besprechen, und trotz Buchillustrator und Marionettenspieler klang Asperger bedrohlich, und ich machte einen Termin in einer Kinderpsychiatrie in drei Monaten aus und sagte ihn wieder ab.

Warum, frage ich Artur, Warum lese ich eigentlich ständig was zu Pädagogik und Jungenpubertät, promoviere über Männlichkeiten bei Dostoevskij, denke ständig über Hegemoniales und Homosoziales und Psychoanalytisches nach, und was auf ihn alles zukommen wird in den nächsten Jahren, und du machst deine Elektronenberechnungen und nichts von dem, was dein Kind direkt betreffen wird. Ich kenne alles aus der Praxis, sagt Artur. Ich will widersprechen, stelle fest, dass er recht hat, ich habe vergessen, dass er ein Junge gewesen ist, es ist ein Argument, ohne Zweifel, The Child is father of the Man, es beeindruckt, wir beide wissen nur nicht, wofür es stehen soll.

115.

Weißt du, wie ich dich liebe, ich will nirgendswo mit dir zusammen unterwegs sein, wir dürfen nicht zusammen Auto fahren, weißt du, und ihr zu zweit dürft auch nirgendswo hin, entweder mit mir, oder zu Hause bleiben, da ist es am sichersten. Das Testament liegt im Flur auf der Kommode, ok, unter der Schatulle, wo die Quittungen, er darf nicht zu meinen Eltern gelangen, wenn wir zusammen, gleichzeitig, in den nächsten elf Jahren, umkommen sollten, und wenn ihr beide zusammen, im Auto zum Beispiel, was bleibt mir dann noch, kein Einziger bleibt mir dann, es macht mir Angst, nicht allmächtig zu sein. Und das Testament, ich hoffe, es richtig geschrieben zu haben, aller Form nach, aber ganz sicher bin ich mir nicht bei dem Ganzen, ob es bei meinen Eltern besser wäre als im Pflegeheim oder so, oder bei Pflegeeltern, die machen es bestimmt fürs Geld oder wegen privater psychischer Probleme, ich bin mir nicht sicher, ich belasse es erst mal dabei, und dann schauen wir, es verspricht jedenfalls, irgendwie, Beruhigung, ein Weiterleben nach dem Tod.

116.

Warum wollte ich das eigentlich machen, frage ich mich, um eine Art historische Motivation herauszufiltern, die ich ergreifen, an der ich mich festhalten kann, aber ich weiß es nicht mehr. Die drei Mütter könnten meine Mütter sein, vom Alter her, wir sitzen als Mütter etwa gleichaltriger Kinder da, um uns für die Kitabelange ehrenamtlich einzubringen, und ich entdecke nichts, was wir gemeinsam haben könnten außer Geschlecht und Kindsgeburt, ältere Frauen des gutsituierten deutschen Mittelstandes, denke ich mir, mit Häusern im Speckgürtel Münchens und zwei Kindern jeweils, die Männer arbeiten in einer Bank in der Stadt oder sind selbstständig, und die Mütter geben Kurse an der Volkshochschule oder Coaching. Eine Mutter bietet an, den Kindern Entspannungsübungen zu zeigen, Yogamatten mitzubringen, eine andere schickt ihr Au-pair zum jährlichen Laubfegen im Kita-Garten vorbei. Einen Mann gibt es noch, ich halte ihn für den Hausmeister, aber es ist ein Vater, der einfach mal dabei sein wollte, er redet von seinem neuen Kamin und macht keine Pausen zwischen den Sätzen, um die sechzig müsste er sein, wobei ich selbst gar nicht mehr so jung bin, aber schockiert darüber, dass Leute über vierzig, über fünfzig noch leben, Kinder machen, dem Elternrat beitreten, in allen Ferien in die Berge fahren zum Skifahren oder zum Baden. Ihre Kinder gehen in den Fußballverein, zur Musikschule, zum Reiten, kaufen sich Pferde, machen Karate, Kung Fu und Jiu Jitsu, und wir sitzen zu Hause rum und lesen Winnie die Hexe oder spielen einfach nur Lego, also nicht wir, sondern das Kind. Der Vater bietet an, einen Ausflug zur Feuerwehrwache zu organisieren, ich überlege krampfhaft, was ich anbieten könnte, einen Vortrag halten über Dostoevskij, Muffins backen aus Fertigteig oder meinen Arbeitsplatz Küchentisch zeigen, es soll ein Projekt geben vom

Lyrik Kabinett, bei dem zwei Autoren jeweils in Schulen gehen und mit den Kindern Texte schreiben, oder dass Lehrer eine Bücherkiste mitbringen mit neusten Lyrikerscheinungen und dazu Aufsätze vergeben, aber unsere Kinder, die können noch nicht mal richtig lesen und schreiben.

117.

Wir waren uns darin einig, dass alle Hausarbeit eine ermüdende, nicht zufriedenstellende Arbeit ist, von sehr kurzfristigem Resultat, Staubsaugen, Badwischen, Geschirrspülen, eine endlose Liste möglicher Aktionen, die Fenster putzen, in jedem Zimmer, warum nicht. Da war ein fremder Blick, ein großer Anderer, der es sauber haben wollte, dem ich mich wie einer Gottheit unterwarf, vielleicht war es die Mutter, die ich hinter dem Anderen vermutete, projizierte, und durch ihren Blick sah ich, wie schmutzig, ekelerregend schmutzig es bei uns zu Hause war. Artur war immun gegen fremde Blicke, ihm waren sie egal, und mir nicht, er weigerte sich, mir Anerkennung zukommen zu lassen für die saubere Matte vor der Tür oder den gefegten Balkon, sagte nur, Ich sehe, du bist gut vorangekommen mit der Diss. Es war auch nicht möglich, zum Feminismus zu konvertieren, denn ich machte mir meine Probleme selbst, keiner brauchte das saubere Bad außer mir, und je mehr Zeit ich in Sauberkeit und Ordnung investierte, desto schmerzvoller war es, das darauffolgende Chaos zu verkraften, gegen Windmühlen zu kämpfen, und desto später würde ich es zu irgendwas bringen, von meinem Geld leben, fürs Putzen bekam ich kein Geld, und ich putzte auch zu oberflächig, zu einseitig, dass mich jemand dafür bezahlen sollte, und wenn Artur putzte, seltener, aber gründlicher, erwartete er keine Auszeichnung dafür.

118.

Er sagt, Ich geh einkaufen, er sagt das und geht, hat die Einkaufstasche aber nicht mitgenommen und auch nicht das Geld aus dem Umschlag in der obersten Schublade im Flur, er will also weder was tragen noch für irgendwas zahlen, er geht nicht einkaufen und geht weg und es spricht so wenig dafür, dass er wiederkommt. Dann ist er schon weg und ich stehe da und laufe zum Fenster, aber er ist nicht zu sehen, er muss also in die andere Richtung gegangen sei, da gibt es garantiert nichts zum Einkaufen. Ich stehe lange am Fenster, aber er ist nicht zu sehen und es dämmert und er ist immer noch nicht da. Dann versuche ich ihn anzurufen, aber er geht nicht ran oder hört nicht, auf stumm gestellt, absichtlich, damit er eine Ausrede hat, aber ich weiß, dass er es mit Absicht macht, und rufe ihn neunmal an und er geht trotzdem nicht ran. Dann sitze ich vor der Wohnungstür und warte, bis er kommt, aber er kommt nicht, und es ist still im Treppenhaus, ganz still. Ich gehe ins Badezimmer und versuche, mir die Venen aufzuschneiden, aber je tiefer ich die Zahnbürste in das Handgelenk bohre, desto undurchlässiger wird meine Haut und ich gebe es auf, putze mir die Zähne, wasche mir das Gesicht, ziehe mich aus, lege mich hin und überlege, dass ich ohne ihn keinen Vorwand habe, für nichts. Dann kommt er. Stellt eine schwere Tasche in der Küche ab, ordnet alles nach Regalen, öffnet und schließt den Kühlschrank, geht ins Bad.

119.

https://www.jw.org/de/biblische-lehren/kinder/werde-jehovas-freund/kinderfilme/

Wie ein Spion schaue ich mir die Website an, lasse mich faszinieren vom Kontrast zwischen dem Offenen, Vorbildhaften, Transparenten und einer immanenten Kompliziertheit, einer Realität, die da unausgesprochen bleibt. Sie gehen mit der Zeit und produzieren eine Serie an Kurztrickfilmen zu jedem möglichen Anlass, *Mach Jehova Freude, Tipptopp im Dienst, Sei demütig, Ein Mann, eine Frau, Sag immer die Wahrheit, Höre auf deine Eltern.* Eine irgendwie amerikanische Familie, Mutter, Vater, zwei Kinder, wohnen im Einfamilienhaus, fahren mit einem roten Auto zur Versammlung. Die Kinder heißen Philipp und Sophia, die Filme sind ziemlich locker gemacht, mit kleinen lustigen Effekten. Die neue Generation von Kindern will Trickfilme schauen, die bekommen sie auch, sie malen Philipp und Sophia nach, machen sie zu süßen Helden und Lieblingsfiguren, jetzt dürfen sie Filme schauen so viel sie wollen, und es wird schwierig, etwas anderes als Philipp und Sophia zu schauen.

Die fangen also an, sich für die Vorlieben ihrer Kinder zu interessieren, verpacken die Moral in einen unterhaltsamen Rahmen, wahrscheinlich weil sie sich vor allem über Familien vergrößern, über den Nachwuchs, der im Glauben erzogen wird, und weniger über den Predigtdienst.

Die Kinder müssen begeistert sein. Lieder gibt es auch, und Mitmachseiten, *Das ist meine Familie, Wir gehören alle zu Jehovas großer, bunter Familie,* Leute verschiedener Ethnien tanzen miteinander vor hellblauem Hintergrund, nichts von dem schweren, bedrückenden Gefühl, das bei uns zu Hause herrschte. In der Lektion 1, *Höre auf deine Eltern,* läuft Philipp in dreckigen Schuhen durch den Flur, den seine Mutter gerade saubergewischt hat. Der Vater erscheint, *Mami hat sich so angestrengt, alles schön sauber zu machen, wie fühlt sie sich, wenn sie das sieht?* Während die Mutter das Essen macht, liest Philipp mit seinem Vater die Bibel, sie hocken immer noch im Flur auf dem Boden. Ein Film, *Ich will treu sein,* da singt ein Junge, *Mama und Papa sagen mir, sie haben mich sehr lieb, und darum will ich so sein, dass sie glücklich sind.*

In all den Trickfilmen gibt es nur eine Option, dass die Kinder das machen, was die Eltern, und Jehova natürlich, von ihnen wollen, und all die pädagogische Arbeit dreht sich darum, die Dinge, die die Eltern und Jehova von einem wollen, noch besser und ordentlicher zu machen. Dass ein Kind kein Zeuge sein will, Weihnachtslieder mitsingt oder zu einem Geburtstag geht, ist gar nicht vorstellbar, vorausgesetzt wird eine Bereitschaft, den Eltern und Jehova zu gehorchen, von den Eltern und Jehova dafür geliebt zu werden. Die Eltern sagen nie, Du bist müde, hast eine Pause nötig, bleib heute Abend mal zu Hause, oder, Ruh dich aus, komm wieder dazu, wenn es dir besser geht. Sich von der Wahrheit zu erholen ist absurd.

Lektion 27, *Siehst du dich selbst im Paradies? Was willst du im Paradies alles machen?* Der Vater will singen lernen, nach achttausend Jahren wird es klappen, Sophia träumt von einem Schmetterlingsgarten und vielen Freunden, und der kleine Philipp seufzt, *Also ich will einfach mit euch zusammen sein.*

Warum ist es eigentlich so wichtig, in der Versammlung aufzupassen? Die Kinder passen nämlich nicht auf, fahren mit verschreckten Gesichtern nach Hause, als ob sie eine Zurechtweisung erwarten würden, eine Bestrafung, keine Süßigkeiten diese Woche, oder einfach mit dem Riemen, aber dann sitzen sie zivilisiert am Tisch und der Vater erklärt freundlich anhand eines biblischen Beispiels, warum Zuhören wichtig ist, die Kinder sind beeindruckt und einverstanden, bei der nächsten Versammlung hören sie zu und schreiben mit, und wer nicht schreiben kann, der malt das, worum es geht. Philipp und Sophia können unterrichtet, rational überzeugt, mit Liebesbekundungen motiviert werden, sie werden später garantiert nicht zu masturbieren anfangen, um mehr Taschengeld bitten, werden weder mit Mutter noch mit Vater schlafen wollen, und wenn, brauchen sie sich nur in der

Rubrik *Junge Leute fragen* zu informieren, sich Whiteboard-Animationen anzuschauen, die gab es zu meiner Zeit auch nicht.

– *Ich lebe viel stressfreier, wenn ich einfach das mache, worum mich meine Eltern bitten,* sagt Karen. *Sie haben für mich schon so viel geopfert, also ist das doch das Mindeste, was ich für sie tun kann.*

120.

»Hütet die Herde Gottes«. Wachtturm Bibel- und Traktat-Gesellschaft, Selters/Ts. 2012.

> *Siehe den Brief an alle Ältestenschaften vom 7. Oktober 2010 über die Spiralbindung für »Hütet die Herde«. Siehe den Brief an alle Ältestenschaften vom 16. März 2015 zu digitalen Formaten dieses Lehrbuchs.*

> *Dieses Buch ist Eigentum der Versammlung. Jeder Älteste erhält ein Buch. Ein Ältester, der aus irgendwelchen Gründen sein Dienstamt verliert, gibt das Buch dem Versammlungsdienstkomitee. (Dies gilt nicht, wenn ein Ältester die Versammlung wechselt und er zur Wiederernennung empfohlen wird.) Der Sekretär bewahrt das Buch dann in der Versammlungsablage auf, damit es dem Bruder zurückgegeben werden kann, wenn er wieder zum Ältesten ernannt wird. Weder das Buch noch Teile davon dürfen kopiert oder in elektronischer Form gespeichert werden.*

Ich finde in einem Forum das verbotene Buch für Älteste, lade es runter, drucke aus, darin steht eigentlich nichts Besonderes, außer dass sie ständig alles protokollieren und die Akten an den Bethel schicken sollen, vom Bethel kontrolliert werden. Zwei Stellen unterstreiche ich, einmal in der Liste der schweren Sünden (S.70):

> *33.* ***Wer habgierig und reuelos einen hohen Brautpreis erpresst****, kann aus der Versammlung ausgeschlossen werden (1. Kor. 5:11, 13; 6:9, 10; Heb. 13:5; w98 15. 9. S. 24–25).*

Und um sich scheiden lassen zu können, muss die Untreue des Partners von zwei Zeugen bewiesen werden *(S. 61f.):*

> *Ein verheirateter Bruder verbringt nach der Arbeit ungewöhnlich viel Zeit mit seiner Sekretärin, behauptet aber, er sei nicht in sie verliebt. Seine besorgte Frau spricht mit den Ältesten, die den Bruder daraufhin nachdrücklich ermahnen. Später behauptet er, wegen einer »Geschäftsreise« über Nacht weg sein zu müssen. Seine Frau misstraut ihm und folgt ihm mit einem Verwandten bis zur Wohnung der Sekretärin. Sie sehen, wie ihn die Sekretärin um 22 Uhr hineinlässt. Sie beobachten die Wohnung die ganze Nacht, bis der Bruder um 7 Uhr wieder geht. Als ihn die Ältesten darauf ansprechen, gibt er zu, die Nacht allein bei der Sekretärin verbracht zu haben, doch streitet er ab, Ehebruch begangen zu haben. In einem solchen Fall haben die Ältesten einen Grund, rechtliche Schritte zu unternehmen, weil starke Indizienbeweise für pornéia vorliegen und einiges womöglich auf dreistes Verhalten hindeutet. […]*

Es ist nicht wirklich lustig. Die ganzen Jahre über lief alles nach einem verordneten Plan ab, die Vorträge, die Hirtenbesuche, sogar die Hochzeitsreden wurden nach einem Muster aus Bethel geschrieben. 1881 ist das Jahr der Gründung der Zeugen Jehovas, im gleichen Jahr starb Dostoevskij, es ist kein Zufall, er muss an ihnen gestorben sein.

Komm, sage ich zu Artur, Lass uns Unzucht treiben, lass uns vorstellen, wir wären nicht verheiratet, und alles machen, was hier aufgezählt ist, Seite 58–71, nacheinander, absichtliche Reizung der Genitalien, Oralverkehr, Analverkehr, Streichen der Brüste, schamloses Verhalten, lass uns freizügige Gespräche führen, uns betrinken, extreme Unsauberkeit beweisen, Götzen anrufen, uns belügen, einander etwas stehlen, obszöne Sprache in mündlicher und schriftlicher Form benutzen, Karten spielen, pervers sein, gegen Geld boxen, uns gegenseitig und dann jeder sich selbst umzubringen versuchen, ja ist es nicht toll, was wir uns erlauben könnten, wenn wir es wollten, wir erteilen uns selbst dafür das Recht, ich bin, eigentlich, also so glücklich.

121.

Ich träume davon, dass ich mit zur Versammlung muss, obwohl ich es nicht mehr muss, also eigentlich nicht mehr dazugehöre, aber irgendwie auch schon, ich träume oft davon. Vater und Bruder ziehen Anzüge an, gebügelte Hemden und Krawatte, Mutter einen karierten Rock, der die Knie bedeckt, und eine enge Bluse mit Rüschen, sie schminkt sich die Lippen braun, und ich stehe die ganze Zeit daneben und will nicht mit und spüre, dass es besser ist, mitzukommen, mich lieber auf dem Weg zu verlaufen oder mich während des Programms auf die Toilette zu schleichen und dann aus dem Fenster, es ist alles Erdgeschoss, oder mit hinzusetzen, aber mit einem unguten, ironischen Lächeln auf dem

Gesicht, die Arme verschränkt, ironisch genug, um von keinem angesprochen zu werden, verhalten genug, um keinen Ärger auf sich zu ziehen, und eigentlich wäre so auch alles gut, einfach dasitzen, mitsitzen, die Krawatte des Vortragenden betrachten, die Fingernägel saubermachen und unter den Sitzen, unter der schwarzen Polsterung, kleine Stückchen des moosartigen Stoffs abzupfen, zerkleinern und unbemerkt auf den Boden werfen. Ich fahre dann mit, ich weiß, dass ich es nicht mehr muss, da ich groß geworden und selbst entscheide und Religionsfreiheit Grundrecht und neulich der Wachtturm zweiter Absatz links und ja und ich fahre mit, weil ich nicht lebensmüde bin. Das ist das Gemeine an diesem Traum, jedes Mal das Gleiche, ich fahre dann mit und wir gehen zusammen raus wie jeden Mittwoch und jeden Sonntag, an Sonntagen waren wir früh aufgestanden, hatten den Bibeltext des Tages gelesen, gegessen, zusammen den Wachtturm vorbereitet, mit einem Marker die Antworten im Text angestrichen, um sie bei der Versammlung schneller finden zu können, und wenn wir eine Jahresangabe im Text auf Russisch richtig deklinieren konnten (1914, die Aufrichtung von Gottes Königreich im Himmel, 144 000 Gesalbte), freute sich Mutter, und wenn wir einen halb-eigenen Gedanken, eine zusätzliche Metapher einbringen konnten, freute sich Vater, und wir freuten uns, dass sie sich über uns freuten. Ich träume, dass ich zumindest mit dem Fahrrad vorfahre, ich kenne diesen Weg so gut, jede Straße, jedes Haus, den Weg zwischen der Straßenbahnhaltestelle und dem Königreichssaal, Einfamilienhäuser und viel Grün, kurz vor dem Saal ein verwachsenes Grundstück, da wurde später ein grellgelbes Haus, ein Erotikkino gebaut (ich, zu laut, Was ist Erotik), dann fahre ich aber weiter, anstatt links abzubiegen, fahre schnell weiter, in ein riesiges Kinogebäude, laufe durch die Flure und Treppen, sie laufen mir in Ruhe hinterher, für meinen Bruder ist es ein Fangenspiel, er findet es unfair, alleine dasitzen zu müssen, er lacht ein bisschen und Vater läuft ihm hinterher und Mutter irgendwo am Ende, natürlich finden sie die Tür, hinter der ich hocke, in einer dunklen Abstellkammer, wann haben sie mich nicht gefunden, ich halte die Klinke, so gut es geht, aber durch den Spalt zwängen sich Hände und berühren mich versehentlich zwischen den Beinen, dann noch mal, machen es dann absichtlich, durch den Spalt, freuen sich darüber, kitzeln und lachen ein bisschen, ich kann nicht ausweichen, keiner sieht es, und meine Hände pressen die Tür gegen diese Hände. Ich überlege, ob es eine Erinnerung sein könnte an etwas, von dem ich nichts mehr weiß, ob mich als Kind jemand berührt, betastet, gezwungen hätte, habe keinen einzigen Anhaltspunkt dafür, außer dass ich ein ideales Kind dafür gewesen wäre. Ich glaube, es gibt keinen Unterschied zwischen einem Stattgefundenen und einem Traum; denn vorausgesetzt, es hätte wirklich stattgefunden, was hätte sich an mir und meinen Träumen verändert.

122.

Zwei Arten von Leuten gab es, die einen fragten, wann wir ein zweites Kind bekämen, da uns das erste schon so gut gelungen, da wir ja gut miteinander auskämen und ein zweites sicher guttun würde, ein Verzicht auf ein zweites ohne nachvollziehbaren Grund wäre absurd und verdächtig, ob wir wohl doch nicht so gut auskämen miteinander. Und die anderen, die selbst das eine Kind schon ignorierten, stellten es sich als eine Art zusätzliches Projekt vor, in das man je nach Möglichkeit Zeit investierte, eine kleine Beeinträchtigung, die mit genug Babysittern zu überspielen wäre, eine konservative Geste, Geschlechtsverkehr mit Kinderzeugung zu verbinden. Aufenthaltsstipendien etwa waren für freie Persönlichkeiten gedacht, die für fünf Monate nach Rijeka gingen, für zwei Monate nach Ahrenshoop, für drei Monate nach Stuttgart, einen dichten Lebenslauf erstellten, ohne jeden

Abend Hausaufgaben zu kontrollieren, an Schulferien, Krankheiten, Wachstumsschübe gebunden zu sein. Zur Elite deutscher Künstler, wie in einer Ausschreibung bezeichnet, gehörten keine Künstler mit Kindern, oder keine mit kleinen Kindern, oder keine Frauen mit Kindern, das war klar und irgendwie seltsam, das hat mir keiner gesagt bisher, dass ich mich selbst wieder ausgeschlossen habe aus einem Kollektiv, zu dem ich gehören wollte, da half kein Migrationshintergrund, kein gutes Porträtfoto, obwohl ich nichts geändert hätte, wenn ich es könnte, nur, es musste einen Weg geben, das zu werden, was ich wollte, die Angst vor Abweisungen zu verlieren, seltener wütend zu werden, oder einfach abzuwarten.

123.

Theweleits Männer haben ein Problem mit ihren Körpergrenzen, nehmen sich als fragmentiert wahr, aus einer grundsätzlichen Unsicherheit heraus, sprechen dann von Körperpanzern, von bedrohlichen Fluten und Schleimen, weiblich konnotierten Gefahren, haben Angst davor, verschlungen, überschwemmt zu werden, in einem Nichtsein zu enden. Sie machen andere Körper zu Brei, um sich als einheitlich zu erleben, zerschießen und zerstechen Flintenweiber, als wären Gewaltausbrüche die einzige mögliche Konsequenz dieser Angst. Dabei wäre es doch möglich, sich verzweifelt zu zeigen über die eigene Inkonsistenz, sich eine Katze anzuschaffen als Gegenstück zum eigenen Körper oder Sport zu treiben oder mit jemandem zu schlafen, auch Migräne, Epilepsie oder was anderes zu bekommen, in eine geschlossene Anstalt eingeliefert zu werden, dort einen Roman zu schreiben über die Angst vorm Nichtsein, dann die Ganzheit im Text, durch einen Text zurückzugewinnen, den Körper glücklich abzutasten, feierlich entlassen, über Nacht berühmt, nach Hause begleitet zu werden, den Rest des Lebens mit der Vermarktung des Buches zu verbringen. Gewalt durch Text als gute Kunst, die weibliche bestünde darin, vor dem Spiegel zu erstarren, vor dem Spiegel zu wachsen, groß zu werden, das eigene Spiegelbild misstrauisch zu beobachten, leidende und heldenhafte Posen einzunehmen, sich selbst mit der Faust zu drohen.

124.

Und dann, denke ich mir, ich werde dann, ich werde jetzt ganz selbstständig, so wie diese selbstgenügsamen Frauen, die Yoga machen, Katzen füttern, auf ihre Wechseljahre horchen, denn wenn ich keinen Mann mehr brauche, brauche ich auch keinen der vielen kleinen und großen Zwänge zu beachten, mich an keine wortlosen Vereinbarungen zu halten, keine Gedanken zu lesen, dann bin ich ein ruhiges und zufriedenes Ganzes mit klugem, tiefsinnigem Blick, trägen Bewegungen, feststehenden Gewohnheiten. Dann esse ich das, was ich will, gebratene Nudeln mit Fleischöl vom Chinesen gegenüber oder Packungen süßen Popcorns.

125.

Wenn jeder Mensch für sich selbst feststellen soll, was sein Wert sein mag, wodurch dieser Wert zustande kommt, unter welchen, zu welchen Bedingungen er sich eine Entschuldigung seines Daseins verdienen kann, dann stelle ich fest, oder vermute ich, denn ich bin mir nicht ganz sicher dabei, aber ich vermute es mehr als ein wenig, dass meine Daseinsberechtigung darin bestehen könnte, den Abwasch zu machen, Emil aufwachsen zu lassen, ein zweites Buch zu veröffentlichen, den Duftstein in der Toilette zu wechseln.

126.

Wir sind jetzt acht Jahre verheiratet, ja am Anfang, in den ersten ein, zwei Jahren, da ging es so lebendig zu, und jetzt, jetzt liegen wir da, nippen an den Gläsern und warten, wer als Erster vorschlägt, schlafen zu gehen. Vielleicht sind Menschen nicht monogam geschaffen oder gemacht, je nachdem, ist es eigentlich natürlich, dass wir immer zusammen, Abend für Abend, auf dem Sofa sitzen und an den Gläsern nippen, wo war das Natürliche, gab es das überhaupt. Das Natürliche hörte dort auf, wo keine Konsequenzen mehr getragen wurden für gemeinsame Handlungen, wo nicht mehr gelitten wurde unter schlaflosen Nächten, ersten Zähnen, sonderbaren Krankheiten, keine Unmengen an Verantwortung übernommen wurden. Als Verantwortung galt, keine Kinder zu bekommen, oder von sehr begrenzter Zahl, das Monatseinkommen im Voraus zu berechnen, abzuwägen, noch mal zu berechnen, mit leisem Schrecken dachten wir an die ersten Babyjahre zurück. Ob uns das Kind verband, wir uns in neuer, elterlicher Qualität zeigten, uns dafür mehr liebten, oder umgekehrt, ob es über uns herrschte und alle Einzelheiten des Alltags, uns nicht zusammen ausgehen ließ, ein klaustrophobisches Gefühl erzeugte abends, wir haben es nicht berechnet, nicht abgewägt, nur so hatten wir es bekommen können. Wenn wir auf ein zweites Kind verzichteten, würden wir es später bereuen, genauso, wenn wir eins bekämen, beide Entscheidungen waren falsch. Unsere Beziehung wurde triangulär, ging in vielen Fällen über einen Dritten, einen Mittler, dem wir bereitwillig dienten und ihn gleichzeitig für ein paar Stunden loszuwerden wünschten. Es gab Momente wie Fotoaufnahmen, die im Gedächtnis blieben und aufrichtige Freude enthielten, die nur einmal und nur von uns erfahrbar waren, Emil, das erste Mal auf dem Fahrrad ohne Festhalten, Emil, das erste Mal selbst nach Hause gegangen, stolz wie sonst wer, Emil, liest das erste Mal ein ganzes Buch vor. Es waren Erinnerungen, die jeder für sich aufbewahrte, die sich nur teilweise überschnitten, das Kind nicht als Mittler, sondern als eigenständige Figur bewiesen. Kompliziert war es und unübersichtlich.

Wir schafften uns ein Kaninchen an, für pädagogische Zwecke, aber auch als Zweitkindersatz, und eine Bekannte sagte, als sie das hörte, Wozu braucht ihr denn ein Kaninchen, schafft euch lieber ein Kind an, dabei hat sie selbst grad ihr drittes bekommen und wir sahen, dass sie gereizt und aggressiv war, dachten uns, dass ihr die Kinder nicht guttaten. Und unser Kind begriff, dass das Kaninchen ein Ersatz war, wurde eifersüchtig, fragte, wen wir mehr liebten, das Kaninchen oder ihn.

127.

Da ist eine Sache, die mich aufregt. Jedes Mal, wenn ich am Ostbahnhof umsteige von der U-Bahn in den Bus, rausgehe aus der Unterführung, stehen am Ausgang, beim Lidl, zwei Frauen mit einer speziellen Tasche mit Rädern, die sich zu einer Art Bücherregal aufklappen lässt, stehen da und tun so, als wären sie im Predigtdienst, die Zeit läuft, alle angefangenen zehn Minuten können sie in den Monatsbericht eintragen, um aktive Verkündiger zu bleiben, brauchen nur rumzustehen, die Leute anzulächeln, die Tasche wieder zusammenzupacken. Zu meiner Zeit, da gab es so was nicht, zu meiner Zeit gingen wir bei jedem Wetter, zu jeder Jahreszeit von Haus zu Haus, froren, schwitzten, klingelten, notierten Nachnamen, Gesprächsthema, Art und Anzahl der verteilten Broschüren, Zeitschriften, Bücher, Kongresseinladungen, lange Fußmärsche im Winter durch Plattenbausiedlungen oder abgelegene Dörfer. Ich hasste Winterjacken, weil sie mich dick machten, hasste Winterschuhe, weil sie unbequem waren, zog

Mützen aus, weil sie die Haare am Kopf kleben ließen, harrte aus bei jeder Kälte, es war Ausdruck innerer und geistiger Stärke. Und jetzt, diese Bequemlichkeit, die plötzlich legitim geworden ist, es regt mich so auf, dass ich den Wunsch verspüre, auf die beiden Frauen loszugehen, einen ihrer langen Röcke zu ergreifen, ihr fahles Gesicht an das meine heranzuziehen, mit der Stimme eines Antichristen zu krächzen, Na, Süße, bist neu hier, was.

128.

Obwohl ich es immer vermieden habe, das Wort Familie zu benutzen, von mir und Artur und von mir und Emil als prinzipiell getrennten Beziehungen redete, mit verschiedenen Verläufen und Motiven, war es offensichtlich, dass es nicht ganz stimmte, dass diese Beziehungen miteinander verwoben waren, dass sie nicht nur ein Dreieck ergaben, sondern einen Kreis, ein verfilztes Knäuel manchmal. Gingen wir zu dritt spazieren, sprach keiner von uns wirklich mit Emil, Emil sprach nicht mit uns, zeigte sich eher schlecht gelaunt, forderte Süßigkeiten, reizte unsere Geduld aus. Ging einer mit Emil, zu zweit, ergab sich ein innigeres Verhältnis, eine wahrnehmbare Verantwortung und Freude. Stritten wir uns, wurde Emil still, aufmerksam, unauffällig, wartete, bis alle wieder miteinander sprachen, nahm wieder seinen Platz als Sonne im Planetensystem ein, forderte, widersprach und ließ sich aus Protest auf den Boden fallen. Wollten wir uns abends aufs Sofa im Wohnzimmer zurückziehen, unser privates Verhältnis pflegen, wachte Emil mit einem Schrei auf und wir zuckten zusammen, berieten flüsternd, wer als Erster gehen sollte. Ließ uns Emil morgens am Wochenende nicht schlafen, wurden wir gereizt, nervös, gingen gröber mit ihm um, er zeigte sich beleidigt, ging auf sein Zimmer, wir bereuten, gingen hinterher, baten um Verzeihung. Er klebte Zettel an die Tür, wir einander gegenübergestellt, Mama als böse Spinne und Papa als schöne Blume, oder umgekehrt, und der, der die Blume hatte, freute sich über die Auszeichnung, der mit der Spinne zuckte demonstrativ mit den Schultern und überlegte dringend, wie er seine Reputation, ob er mit Emil ins Kino oder ins Schwimmbad fahren sollte. Fuhr Artur etwa mit Emil zum Meer, nach Italien, während ich auf einer Konferenz in Zürich war, liebte ich sie umso mehr dafür, dass sie so gut miteinander zurechtkamen, Emil dafür, dass er mich fahren ließ und seinen Spaß ohne mich hatte, Artur dafür, dass er so selbstständig mit Emil war, auf mich verzichten konnte. Es fühlte sich wie ein Spagat an zwischen dem Bedürfnis, unersetzlich für sie, und dem Wunsch, unabhängig von ihnen zu sein. Dabei waren wir sogar noch egoistisch, hielten verbissen an unseren Computern, Terminen, Texten und Artikeln fest, statt sie durch Tierparkbesuche zu ersetzen. In den Kitaferien nahmen wir jeden Tag abwechselnd Urlaub, flohen jeden zweiten Tag ins Büro, versuchten den Tag auszukosten, keiner fuhr so gerne zur Arbeit wie wir. Es brauchte Jahre, bis wir begriffen, dass wir beide genauso gern vor unseren Laptops saßen, bis wir uns auf Arbeits- und Emilzeiten einigten, uns vom Gefühl verabschiedeten, endlose moralische Schulden abbezahlen zu müssen.

129.

Während wir uns anzogen, kam die Erzieherin raus, fragte vorsichtig und geheimnisvoll, warum wir kein Schweinefleisch äßen, aus religiösen Gründen bestimmt. Jüdische Wurzeln, sagte ich, und sie fragte fasziniert, ob wir zur Synagoge gingen, und die ganzen Feste, wir würden ja dann auch kein Weihnachten feiern, nicht, und ich, Wir sind nur bisschen Juden.

Oma wollte auf dem gleichen Friedhof begraben werden wie Opa, es gab da eine spezielle Ecke, einen Bereich für nichtjüdische

Angehörige, sie würden also nicht ganz beieinanderliegen, nur in etwa, innerhalb des gleichen abgezäunten Grundstücks. Mutter begann erst in Deutschland, ein schwieriges Verhältnis zu Schwein zu entwickeln, und aus dem Alten Testament lasen wir fast täglich. Zu Hause legte ich ein Karteikartensystem an (nach langen Abwägungen setzte ich in der ersten Reihe drei vollständige Juden voraus):

1. X-chromosomal-rezessives jüdisches Gen:

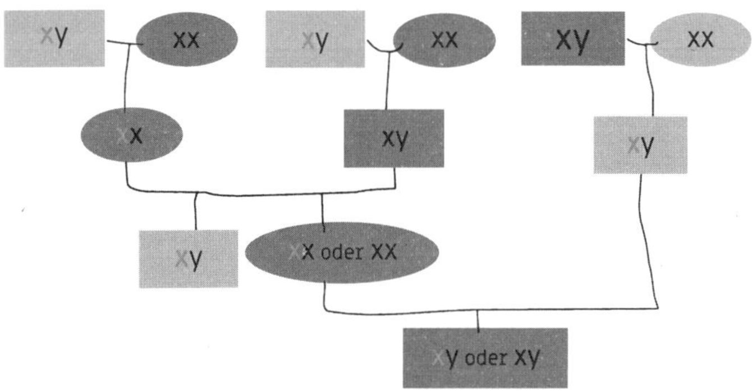

2. X-chromosomal-dominantes jüdisches Gen:

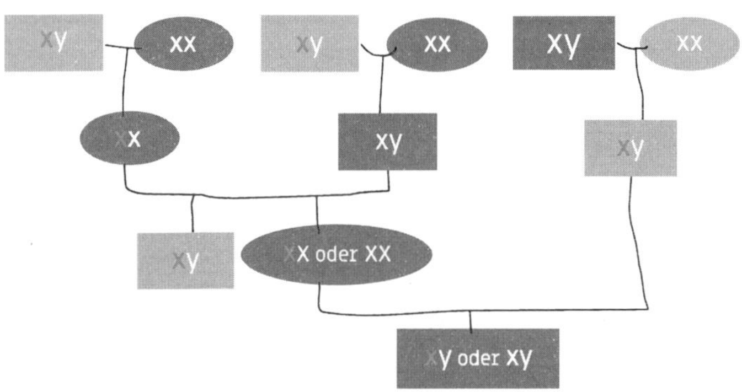

Ich setzte voraus, dass mein Opa Jude im vollen genetischen Sinne des Wortes gewesen ist, warum hätte man ihn sonst nach Deutschland einreisen lassen; der unbekannte Vater meines Vaters soll ein jüdischer Künstler gewesen sein, es war nicht mehr möglich, das zu prüfen, auch die Mutter meines Mannes war jüdisch; etwas Spekulation war im Spiel. Der ersten Variante nach wäre unser Sohn höchstens Träger eines jüdischen x-Chromosoms, das an seine Tochter weitergegeben und sich durch eine mindestens halbjüdische Mutter verwirklichen könnte; der zweiten, angenehmeren Grafik nach standen die Chancen 1:1, entweder er war Jude oder er war keiner.

Was die Glaubensangehörigkeit betraf, so blieb die Frage, ob Zeugen Jehovas entfernt mit dem Judaismus verwandt waren, ob mein atheistischer Großvater weniger Jude war als ein gläubiger Jude, ob die alttestamentarischen Studien jeden Mittwoch und Sonntag ein Argument waren. Jedenfalls wollte ich jüdisch sein, denn war ich nicht immer ein Sündenbock, skeptischer Außenseiter, Abtrünniger, studierte ich nicht jeden Stolperstein, der mir auf der Straße begegnete, hatte ich nicht ständig das Gefühl, zu einer Flucht bereit sein zu müssen, war ich nicht klug, war ich nicht fähig zu Verzicht, war ich nicht für irgendwas auserwählt.

130.

Artur wollte zusammen frühstücken in der Stadt, vor der Arbeit, also das Kind zur Kita bringen, in die Stadt fahren, zusammen frühstücken, und dann würde jeder zu sich ins Büro fahren, und mir wurde schlecht allein bei dem Gedanken, in einem engen Raum zu sitzen, mit vielen Menschen, in stickiger, warmer Luft, und dann noch etwas zu essen dabei. In der Bäckerei wurde mir tatsächlich schlecht, im Büro wurde es besser, dann erinnerte ich mich an eine Verabredung, machte Entspannungsmusik auf dem Computer an, riss die Fenster auf, atmete tief ein und aus, zählte bis vier, nahm eine Kopfschmerztablette und vorsichtshalber noch eine, bekam Bauchschmerzen, redete mit mir selbst. Später im Café schlug ich vor, draußen zu sitzen, draußen war es leichter. Der Freund, mit dem ich wegen einer Lesung verabredet war, war einverstanden, Wenn aber Wespen kommen, sagte er, Muss ich rein, ich habe Angst vor Wespen, und ich fand es so sympathisch, ihn das sagen zu hören, einen großen Mann, sagte stolz, Ich habe gar keine Angst vor Wespen, nur vor engen Räumen und vor Migräneanfällen und davor, in wichtigen wie in kleinen Dingen zu versagen, egal in welchen, hilflos zu sein und abhängig, aber sonst vor nichts. Das ist so schwierig, erklärte ich ihm, Dass ich ja keine Garantie für sonst was habe, ich weiß ja eigentlich nicht mal, ob ich in fünf Minuten noch lebe, und das macht Angst, nicht das Sterben, nicht das Totsein, sondern das Nichtsein und Nichtwissen, also das Wissen, nicht unsterblich zu sein. Bekomme ich Migräne, dann, wenn ich es am wenigsten erwarte, eigentlich auf keinen Fall welche bekommen darf, werde ich sterben, wenn ich es nicht will, in einer hässlichen Pose, im schlechtsitzenden Kleid, tot durch eine zufällige Ursache, einen Wespenstich zum Beispiel, wird man meinen Tod als gemein bezeichnen.

131.

Kam eine Liebesbereitschaft hoch, eine Bereitschaft zur kitschigsten Zärtlichkeit, der Entschluss, für immer und überall und überhaupt, folgte darauf eine Phase von Abkühlung, Skepsis, Distanzhaltung. Davor lagen wir noch begeistert umschlungen, zufrieden mit uns selbst und allem, schmiedeten Zukunftspläne, Was wäre, wenn ich diesen Preis mit fünfundzwanzigtausend Euro gewinne, wollen wir uns dann vielleicht ein kleines Ferienhaus kaufen auf dem Dorf, zum Arbeiten hinfahren im Sommer, Emil, gut versorgt, rennt über Felder und beschäftigt sich von morgens bis abends mit irgendwas, mit der Natur, und wir sitzen draußen, am Holztisch, unter einem Apfelbaum, vor unseren Laptops. Verging diese Phase wieder, sahen wir einander streng an, bewertend, bereuten es, zusammengezogen zu sein. Weißt du, sage ich, und sage dann nichts mehr, und wir liegen genervt voneinander auf dem Sofa und trinken den Wein auf hastige, genervte Art. Er wartet, bis ich endlich gehe, ich gehe auch, gehe ins Bad und mache meinetwegen dann eine Gesichtsmaske zur Beruhigung und dusche und reibe mich mit ayurvedischem Öl ein, beruhige mich, überlege, komme zurück, so sauber und sympathisch, Darf ich. Ich darf, setze mich neben ihn und schaue mit ihm eine bescheuerte Star Trek Serie an, konzipiert für Nerds, für Naturwissenschaftler, die auf Uniformen und Cyborgs stehen, völlig unglaubwürdig, wie sie miteinander reden, promotete Charaktere anstatt Figuren, Wenn sie wirklich jahrelang zusammengelebt hätten, sage ich, Würden sie alle miteinander schlafen aus Langeweile und einander dann umbringen, weil jeder diese Seven of Nine für sich haben will. Die bewegt sich in ihrem Anzug wie in einem Porno, der Anblick ihrer Brüste lässt einen die Dialoge ertragen, alle tun so, als ginge es sie nichts an, Die können doch nicht alle schwul sein, sage ich, Artur schweigt. Ich werde langsam wütend, bin nicht zu einer Lesung gefahren heute Abend, extra seinetwegen, um einen Abend zusammen, schaut er sich deshalb diesen Scheiß an um elf Uhr abends, wo doch morgen um sechs aufstehen, nur wegen der Brüste, fehlt ihm so eine, ja, dann soll er doch, kann er mich mal. Warte die nächste Folge ab, die sind ziemlich kurz, lange könnte man das nicht ertragen, Stamets küsst Culber, will ihn nicht verlieren, Culber sagt, er soll das aushalten, Stamets will den Verlust nicht akzeptieren, ich beginne zu verstehen, vielleicht ist es das, warum er mich nur duldet neben sich, vielleicht ist er gar nicht interessiert an

Frauen, vielleicht verbirgt er seine wahren Interessen, und Artur schaltet aus, als ob er meinen Verdacht spürte, und schaltet seinen Laptop an.

132.

3.11.2018

Der Zug fährt an drei Haltestellen vorbei, und ich dachte, es wäre nur eine, habe ich alles vergessen, die erste, wir halten nicht an, irgendwo da haben wir gewohnt, ich als Kind und die anderen, Oma hat uns besucht dort und Pappbücher mitgebracht, ich konnte ein bisschen lesen, aber kein Deutsch, dort hat mir jemand beim Einzug ein rosa Schwein geschenkt, ein Kuscheltier, es waren diese gebrauchten Kuscheltiere mit festem Fell von dem vielen Waschen, die zweite, Gewerbegebiet, wieder fahren wir ohne Halt vorbei, ich sehe den Turm der Bierbrauerei, dahinter muss der Königreichssaal sein, die dritte, da sind wir mittwochs manchmal in den Zug gestiegen statt in die Straßenbahn, unsere Monatskarten galten da auch, so sorgten wir für Abwechslung, mittwochs und sonntags, und mittwochs war Schule, Mittagessen zu Hause um vier, Hausaufgaben, Anziehen, Taschenpacken, einmal vergaß ich meine Monatskarte und durchwühlte die Tasche, holte die Bibel im braunen Ledereinband, das Liederbuch, alles raus, die Kontrolleurin wartete geduldig.

Dann der Hauptbahnhof. In der Tür steht eine Frau, ich erkenne sie wieder und spreche sie an, sofort weiß sie, wie ich heiße, wundert sich, Du hast dich verändert, sie wird von ihren Großeltern abgeholt, ich erinnere mich, dass sie in der Schule ein eigenes Auto hatte, dass sie viel lachte, schlecht in Latein war, ich kann mich nicht an ihren Namen erinnern. Ich habe einen Preis gewonnen, ich will sagen, Ich werde heute Abend hier einen Preis gewinnen, den einzigen, den es hier gibt im Land, ich bin die Einzige, die diesen Preis verdient, die ihn ausgelitten hat in diesem Land, in dieser Stadt, aber sie versteht mich nicht. Im Hauptbahnhof das Blumengeschäft, dort habe ich manchmal eine Rose oder eine Nelke gekauft für Mutter, rote mochte sie nicht, die Bäckerei, die sonntags aufhat, wo ich Karottenbrot holen sollte oder Kürbiskernbrötchen oder Hansebrötchen, fünf für vier, meine Eltern wohnen immer noch da, hinter dem Bahnhof. Ich betrete die meerblauen Fliesen, die offen stehenden Türen, halte an, das Denkmal auf dem Bahnhofsplatz ist klein geworden und kitschig, ein nackter Mann rettet eine nackte Frau auf einen Felsen, keine Blumen mehr darunter, es ist November, ich habe hier nie in einem Hotel übernachtet. Ich schleudere der Rezeption meinen Namen entgegen, für mich werden alle Kosten übernommen, ich bin gekommen, ich bringe Gedichte mit, die das Land nie gehört hat, ich habe überlebt, mein Name sagt der Rezeption nichts, außer dass für mich bezahlt wurde und ich einen Schlüssel für den obersten Stock bekomme. Das Zimmer ist klein, die Dusche voller Schimmel, die Wände schäbig, ich stelle mich ans Fenster und beobachte hinter den Gardinen den Bahnhofsplatz. Am Denkmal geht ein Paar mit einem Kind vorbei, ich erkenne die Frau, sie muss so alt sein wie ich, wir haben zusammen die Bibel studiert auf meine Initiative hin, um ein Bibelstudium in den Monatsbericht eintragen zu können. Sie ist übergewichtig, hat ein blasses, kränkliches Kind dabei, ihr Freund läuft hinter ihr und raucht, sie gehen zum Bus, ich weiß, wo sie aussteigen werden, wie ihr Plattenbau, ihre Wohnung innen und außen aussieht, ich sehe alles von oben und weiß und kenne. Wäre ich nur Dürrenmatts Alte Dame, hätte ich zwei Leibwächter in weißen Anzügen hinter mir, wäre nur mein Name exzentrisch, bedeutungsvoll, unverwechselbar, anstatt ein Hinweis auf Migrationshintergründe, könnte ich der Mitschülerin nur geheimnisvoll zunicken, sie würde später, aus den Zeitungen, aus dem Radio, von ihren aufgeregten Großeltern die Wahrheit über diese Person erfahren, die jahrelang neben ihr saß, unscheinbar und schäbig, so viel besser in Latein. Ich könnte platzen vor Wut, ich bin gekommen, um zu siegen, um mich an dieser Stadt zu rächen, ich stehe in dem schäbigen Hotel dieser schäbigen Stadt, die Kürbiskernbrötchen, fünf für vier. Einmal, als ich mich an einem Sonntag weigerte, zur Versammlung zu gehen, wartete ich so lange wie nötig ab, falls jemand etwas vergessen hätte und zurückkehren sollte, schlich mich dann aus der Wohnung in die Bäckerei, holte eine Streuselschnecke, rannte zurück, aß sie, ohne richtig zu kauen, wischte den Küchentisch mit einem feuchten Lappen ab, dann ein zweites Mal, dann den Fußboden darunter, wischte alles mit einer Papierserviette trocken, presste die Papiertüte zu einer festen Kugel, drückte sie tief in den Mülleimer, bis zum Ellenbogen, legte eine Bananenschale und einen Joghurtbecher oben drauf, wusch mir den Arm im Bad sauber, wischte das Waschbecken trocken.

Vom Bahnhofsplatz rechts, dann die zweite Straße links, muss Georgij gewohnt haben, einmal hatte ich sein Auto davor gesehen, Du wirst bestimmt eine Museumsleiterin oder so, hatte er mir prophezeit, So eine ernste wichtige Dame oder, er sah mich an, Eine Nutte, wenn du dich weiter so benimmst. Ob er meinen Namen auf den Plakaten gesehen hat, ob er mich wiedererkennen würde, wem gleiche ich mehr, wie wenig gleiche ich ihm. Links, immer die Hauptstraße hoch bis zur Klinik-Endstation, dann ein bisschen weiter zu Fuß, da war mein Bruder im Sommer vor sechs Jahren, ich hatte ihn besucht und ihm eine Fußballzeitschrift gekauft und nicht recht gewusst, ob er sich wirklich umbringen wollte oder nur angab in der Klasse, aber Spuren hatte er auf den Armen, eigentlich war er ein Kind, brauchen Jungen nicht länger, bis sie erwachsen sind, wir hatten miteinander über Essen und Schule gesprochen, verlegen gelächelt. Vom Bahnhofsplatz runter, zum Teich, wo ich und der Kreisaufseher, und dann als ich und Georgij, und Georgij sich nicht mehr anrufen ließ, wollte ich mich schön umbringen, Schlaftabletten aus der Apotheke nebenan, vielleicht mehrmals kaufen, unauffällig, für jemand anderen, keine Ahnung, jedenfalls auf einer Bank wiedergefunden werden am Teich, unter Bäumen, aber dann hatte ich mich an ein neues Paar Absatzschuhe erinnert, schwarzes Samtleder, im Karton, oben auf dem Schrank, das ich dann nie anziehen würde, das machte mich traurig und ich verzichtete auf den schönen Tod. Jede Straße bin ich hier abgelaufen, im Sommerrock, im Winterrock, einmal hatte eine Schwester aus der deutschen Gemeinde mir eine liebe Postkarte in den Briefkasten geworfen, wie ausdauernd ich wäre und fleißig im Dienst, wie sehr ich Jehova erfreute. Als ich auszog in eine sittlich verfallene Welt, WG-Orgien, studentischer Alkoholmissbrauch, wäre ich doch Lidl-Verkäuferin mit festem Gehalt geworden oder Floristin in Ausbildung, sah sich meine Freundin gezwungen, den Briefverkehr einzustellen. Du weißt, dass es die Wahrheit ist, sagte meine Mutter. Heute Abend bekomme ich den Preis einer Provinz für meine Provinzialität, dafür, wie sehr mich diese Stadt aus der Fassung bringt, für ihren letzten Mohikaner. Ich werde lächeln, mich bedanken, die Hand reichen, dabeisitzen, essen, dasitzen, wird mich jemand ein einziges Mal fragen, was ich eigentlich möchte. Ich stehe am Fenster, das Fensterbrett im Bauch, schaue zwischen den Gardinen hindurch auf den Bahnhofsplatz und komme, lehne mich mit der Stirn an die Fensterscheibe, komme ein zweites, ein drittes Mal, es ist das Einzige, was in meiner Macht liegt, was ich tun kann, um meine Verachtung dieser Stadt gegenüber zu zeigen.

133.

Wenn wir abends, wenn das Kind schläft und wir einander gegenüber in der Küche sitzen, jeder an seinem Laptop, spüren, dass wir uns gleichgültig geworden sind, zu vertraut und fremd zugleich, dass wir uns gegenübersitzen, weil wir ein gemeinsames Konto und ein gemeinsames Kind haben, die Grundmerkmale einer ehelichen Gemeinschaft, dass wir nie mehr, zumindest die nächsten zehn Jahre, zu zweit ins Theater oder ins Kino gehen und immer, jeden Abend, von Jahr zu Jahr, in der Küche sitzen werden, jeder an seinem Laptop, wenn wir das spüren, wenn dieser Gedanke den Raum zwischen uns zu füllen beginnt, immer größer, fester, prophetischer wird, werde ich wütend, klappe den Laptop zu und fordere ihn zum Sprechen auf, er erschrickt, verteidigt sich, zieht das Kabel aus der Steckdose, überlegt, dann steht er auf, küsst mich und schlägt vor, ins Wohnzimmer zu gehen.

134.

10.2.2020
Meine Träume heute waren:

Anstatt wie gewohnt mit den Zähnen zu knirschen, sie gegeneinander zu reiben, mal stärker, mal zärtlicher, mit der Zunge entlang der unteren Reihe zu schleifen, spüre ich, wie sie sich nacheinander vom Zahnfleisch lösen und herausfallen, mit kleinen, scharfen Wurzeln, ich lasse sie im Mund hin und her rollen, es macht ein angenehmes Geräusch, klack, klack, sie sind klein und hart und das Einzige, was mich daran stört, ist der Gedanke, dass ich sie irgendwann wohl ausspucken muss.

Vater kommt, setzt sich neben mich, Schulter an Schulter, streckt seine breite warme Hand aus und legt sie unter das T-Shirt, unter den BH, lässt sie da liegen, hockt sich dann hin, schiebt das T-Shirt hoch und beginnt zu saugen.

Im Sitzen wölbt sich der Bauch zu einer großen Falte, der Bauch scheint Muskeln verloren zu haben, die große, fettige Falte quillt auf, scheint ein Eigenleben zu führen, wie ein Parasit, der sich am Wirtskörper festgesaugt hat. Ich versuche halb im Stehen zu pinkeln, nicht auf den Bauch zu schauen, schnell den Rock runterzuziehen, und beim Duschen, beim Bücken schließe ich einfach die Augen.

135.

In München eigentlich fing ich erst an, Menschen auf der Straße zu vertrauen, ich habe zuvor nie erlebt, dass sie einfach so zu mir sprachen, ohne üble Absicht. Als ich am ersten Tag mit der Straßenbahn zum Bewerbungsgespräch fuhr, Richtung Max-Weber-Platz, an der Tür stehen blieb, um niemanden anschauen zu müssen oder mich anschauen zu lassen, verspannt bis in jede Fingerspitze, sagte eine ältere Frau etwas, Ihre Tasche, ich zuckte zusammen, starrte meine Tasche an, was war mit ihr, kaputt, ist etwas herausgefallen, habe ich etwas falsch gemacht mit ihr, was will sie, und sie wiederholte, Ihre Tasche ist sehr schön, ja.

136.

Wir gehen am Ostbahnhof vorbei, ich mag es, wenn Emil meine Hand festhält. Er hat schon so große Hände und Füße und ist dabei ein Kind, ein feines, fröhliches Kind, viel fröhlicher als ich, und ich versuche, mich anzupassen, mir öfter zu erlauben, mich zu freuen, und wundere mich jeden Tag, wie ein so anstrengender, verkopfter Mensch ein so fröhliches Kind bekommen konnte. An der Ecke, beim Lidl, stehen Zeugen Jehovas mit einem Bücher- und Zeitschriftenstand, ein großes Plakat, *Was ist der Sinn des Lebens?* Wir gehen vorbei und achten nicht darauf, vielleicht habe ich es, denke ich, vielleicht ist es das, dass ich es nicht weiß, mir eingestehen kann jetzt, dass ich es nicht weiß, was der Sinn, nicht alles wissen kann, keine Gebote mehr brauche und Verbote dafür, das ist irgendwie schmerzvoll und kompliziert, aber ich spüre, dass ich auf dem richtigen Weg bin.

137.

Kassen-Nr.: 104
6-7-20-18

Deo Axel Men	2,90
riecht das andere nicht besser	
find ich nicht	
ich finde schon	
Deo Alnatura	0,00
leg das hin da steht nicht Men	
Durex hauchdünn	unbezahlbar
Still-BH in weiß	12,90
soll ich zwei nehmen oder einen	
nimm gleich zwei	
und welche Farbe	
Still-BH in weiß	12,90
Zahnseide gewachst	2,50
Zahnseide	1,99
musst auch alles extra haben	
Baby Reiswaffeln	1,50
isst sie welche	
nimm zur Probe	
nicht dass wir das wieder essen	
Sonnenbrille LS 3	

suchen
suchen
anprobieren
ich brauch eigentlich auch eine
aber noch 12,95?
lass sie uns abwechselnd tragen
Slipeinlagen schwarz 1,19
hab ich eigentlich noch welche
du verbrauchst die ja extrem
ich bin hungrig
bin gleich fertig
guck das könnten wir gebrauchen
guck mal
wart mal
tu ich doch 48,83

passt das rein in deine Tüte

138.

Eine der Erinnerungen, die ich zu verdrängen versuchte, die dann unerwartet, zur falschen Zeit, im falschen Kontext hochkamen, war die an Onkel Sascha. Ich war zu Besuch bei meiner Tante in Petersburg, habe einige Wochen bei ihr gelebt, um ein Praktikum an der Uni zu machen, Seminare zu besuchen, und da kam auf einmal Onkel Sascha nach Hause. Ich wartete im Nebenzimmer, hörte ihr Gespräch mit, feindselige Stimmen, es ging um Geld, dann wollte Onkel Sascha mit mir reden. Die Tante blieb im Zimmer, bat ihn, mich in Ruhe zu lassen, aber er setzte sich mir gegenüber auf einen Stuhl und fragte, wie es wäre jetzt, ob sich vielleicht etwas geändert hätte, im Sinne, im Umgang mit Abtrünnigen, erzählte von einem linguistischen Buch, in dem die russische Sprache auf ihre orthodoxen Hintergründe hin analysiert wurde. Ich konnte nur lächeln und sagen, dass ich von nichts wisse, das Buch interessant klinge, konnte auch nicht sagen, dass ich gar kein Zeuge mehr war, nichts damit zu tun haben wollte, mir schien, als wüsste er es nicht und als würde es ihn umso mehr enttäuschen vielleicht, er sah mich wie einen Mittler, einen Boten an. Hör doch auf mit diesem Verhör, sagte meine Tante, und er ließ von mir ab, unglücklich sah er aus und müde, auch meine Tante, und ich ein bisschen, jeder schämte sich für irgendwas. Ich habe die Chance damals verpasst, verspielt, wie sagt man das, es war so russisch alles und so traurig. Zwei Jahre später hat er sich erhängt, und ich habe die Chance damals nicht ergriffen, hätte ihm sagen können, dass ich ja wie er, und ihn nach seiner E-Mail-Adresse fragen oder Telefonnummer oder anfangen können, mit ihm zu reden, anstatt dazusitzen wie eine Prinzessin und mich zu schämen, kein Zeuge mehr zu sein, keine Auskünfte geben zu können.

Ein Foto finde ich von ihm, in einem sozialen Netzwerk, auf der Seite seines Sohnes, er und der Sohn aus weiter Entfernung, abends, am Meer, im Urlaub wahrscheinlich, ich speichere dieses Foto auf dem Desktop ab, benenne es als Onkel Sascha, schaue manchmal drauf, wenn ich den Laptop an- und ausmache.

139.

Als Kind habe ich gerne kleine Wohnungen und Zimmer gemalt, einklappbare, zusammenlegbare Häuser nach Barbie-Art, alles, was man brauchte für ein gutes Leben auf minimalem Platz. Später habe ich dann, statt Bilder zu malen, Ikeakataloge auseinandergeschnitten, sie mit Floristikwerbung vermengt, verschiedenen Arten von Blumen und Sträuchern, Collagen zusammengeklebt, mit schwarzer Tusche Wegmarkierungen, Wände und Zäune dazugezeichnet. Es sollte ein kleiner, aber sicherer Ort sein, wo alles so war, wie ich es mir wünschte, alles pragmatisch, bequem und dekorativ, ein Ort zum Bleiben, alleine, zum Selbstbestimmen. Hatte zum Beispiel eine Vision von dunkelblauen Wänden und Flieder oder dunklem Braun mit Schlangenmustern im Kolonialstil, schreckliche Sachen, und im Realen waren es immer weiße Wände oder hellgelbe, pastellfarbene höchstens, ein paar harte Stühle und Topfpflanzen auf den Fensterbänken, wachsame Hausmeister, neugierige Vermieter, nervende Nachbarn, nichts wirklich zum Bleiben. Jede Wohnung versuchte ich nach Möglichkeit so einzurichten, wie ich es wollte, auch eine Frage des Geldes natürlich, nach zwei, drei Jahren wurde es gemütlich, und dann stand der nächste Umzug an. Auch wünschte ich mir vieles, Unsterblichkeit zum Beispiel für Emil und Artur, oder meinen Tod als ersten, dann wären sie aus meiner Perspektive unsterblich geworden, ich wünschte mir, endlich ein Buch und dann ein zweites zu schreiben, meiner Existenz damit einen Sinn zu verleihen, sie umzuleiten ins Produktive, ich wünschte mir immer schon eine Katze und guten Tee in einer antiken Keramikdose, die nie leer wird, wünschte mir, sechs Kilo weniger zu wiegen, einmal in die Karibik zu fahren, nach Australien zu ziehen, aber deswegen erlaubte ich es mir noch immer nicht, an eine Neue Welt zu glauben.

140.

Ich weiß, was das ist, sagt Emil, Es sind grjadki mit mertvecami, so spricht er jetzt, jedes Wort abwechselnd, von der einen Sprache in die andere, mertvecy hat er aus irgendeinem Hörbuch, aus Puškins Märchen, glaube ich, richtig dekliniert hat er das, Beete mit Toten, und es ist ein so treffendes Bild, gar nicht im Sinne, dass da Bäume aus ihnen wachsen oder so, sondern etwas sehr pragmatisch Angelegtes, für Möhren, Erdbeeren, Kohlrabi, und ich staune und beschließe, nächstes Mal, wenn ich alleine vorbeifahre, anzuhalten, und mir das sorgfältige Prinzip, nach dem die Reihen angelegt sind, genauer anzusehen.

141.

Das Buch, sagt er, Dein Buch ist da, ich renne zum Briefkasten und sehe, dass es gar nicht da ist, vor der Garage ist es, das Paket, und dann, dass es gar nicht meins ist, nicht mehr meins, es ist ein fremder Körper, nicht so ganz geworden, wie ich es wollte, ganz sympathisch eigentlich, aber nicht genau so, wie ich es mir vorgestellt habe, ganz genau, in allen Einzelheiten, mit jedem Kratzer auf dem Umschlag, es ist gut geworden, schon, aber nicht genau so, wie ich dachte, und das, was ich denke, bestimmt nicht alles, was ich will, ich wünschte, mit meinen Wünschen Berge umstellen zu können. Es ist ein fremder Körper, der nicht niedlich ist, das gar nicht, ganz erwachsen ist es, dunkel und streng und gerade. Ich dachte, wenn es kommt, das Buch, fängt etwas an, ein kleiner Weltuntergang, ein paar Blitze, eine Überschwemmung der Felder hinter dem Haus, sodass die ganzen Weizenähren unter Wasser stehen und der Wind sie nicht mehr schaukeln kann. Oder, dachte ich, mein Nachbar wird mich vom Balkon aus grüßen und nach meinem ersten Buch fragen und mein Professor mir mit einer Postkarte gratulieren und jemand an den Straßenlaternen Luftballons aufhängen und mein Vermieter wird kommen und mich an der Schulter tätscheln und sagen, Gut hast du das gemacht. Fanfaren, dachte ich, auch einfache Konfetti. Der Tag wird kommen, dachte ich, er hat sich selbst übersprungen, stellt ein Postpaket vor der Garage ab. Habe ich etwa jemals, schreie ich plötzlich, Habe ich jemals, der Nachbar schaut, Habe ich irgendwann eine Abstellerlaubnis erteilt, habe ich je, irgendwann, irgendwas unterschrieben, dass man meine Pakete einfach so vor die Garage werfen darf.

142.

Mein Psychoanalytiker, weder Tolstoj noch Dostoevskij gelesen, begann sich durch die Literaturexkurse, die ich ihm regelmäßig vortrug, in ihren Texten auszukennen, vor allem in dem Unterschied zwischen ihnen, bachtinsche Polyphonie und so, er stimmte mir zu, widersprach, diskutierte, und wir unterhielten uns wunderbar. Als ich aber begann mit

> Also ich kann die Rechte, im Sinne von, welche Rechte habe ich, habe ich das Recht, sie nicht mehr anzurufen, ich kann es natürlich, das ist klar, und das mache ich auch, nehme mir das Recht heraus, aber manchmal stelle ich es mir, manchmal, so vor, also ich tu so postmodern, alles so infrage gestellt, aber wenn ich wirklich postmodern wäre, gäbe es nichts infrage zu stellen, ich könnte alles einfach so umdrehen, dass es die Fragen gar nicht geben würde, die Entscheidungen zwischen binären Oppositionen, entweder oder, sie würden sich auflösen, und, verstehen Sie, das macht mich so unsicher, ob ich der bin, als den ich mich präsentiere oder mich gerne präsentieren würde, es ist wieder so eine zweite Haut und ein Doppelgänger und wenn ich das alles mit einem Gedankenakt umkehren könnte, aber so trinke ich Tee und esse Kekse und kennen Sie die Brüder Karamazov, also Starec Zosima, das ist natürlich ein ganz anderes Kaliber, die Starcy, das war so eine interessante Erscheinung, ich kenne mich da zwar nicht wirklich aus, ja, also eigentlich gar nicht, habe ich nun ein Problem oder nicht, will sagen, sie waren so dazwischen, wieder so etwas Typisches, aber mit diesem Typischen bin ich wieder in diesem Festen drin, was ich nicht haben will die ganze Zeit, ich typisch, er typisch, sie typisch, so ein unangenehmes Wort, also der Starec, und diese Verantwortung für

ein und alles, die ich nicht ertrage, unter der ich zusammenbreche wie ein Streichholz, haben Sie mal versucht, Streichholzhäuser zu legen, eins wird oben angezündet am Ende, das ist dann der Schornstein, meine Starcy haben also gesagt, übrigens hatte ich immer Angst, dass mein Sohn, wenn er im gleichen Alter ist wie der von Dostoevskij, weil deswegen ist er ja zum Starec gefahren, ich meine nur, ich kann diesen Biografismus nicht vertragen, es ist eigentlich längst klar, dass es um Texte gehen sollte, dass es ihnen viel mehr bringt als, also der Starec, dieser Oppositionelle, ich könnte nie Fürst Myškin werden, der Idiot, er war so gut als Idiot, und vielleicht bin ich auch einer, aber kein Fürst und kein Myškin, er hätte nie ein Kind haben können, das hätte er verteidigen müssen, deshalb konnte er auch keins haben, er bringt mich ein bisschen zum Verzweifeln, ich bin schon so abhängig von Ibuprofen und Kaugummis und dieser Schnee mitten im April und als ich meine erste Haut ablegte, merkte ich, dass keine zweite drunter war, und sich die erste nicht wieder anlegen ließ, meine abgetragene Haut, aber immer noch zu gebrauchen, und das Ibuprofen,

flippte er plötzlich aus und verlangte danach, ernst genommen zu werden.

143.

Wenn ich drei Fragen zu stellen hätte an Gott oder jemand Ähnlichen, würde ich fragen,
– Wie sehen sich Zeugen Jehovas in Russland, sagen wir, eine Familie in einer Zweizimmerwohnung in Petersburg, die mit dem Stipendium des Enkels und der Rente der Großmutter für einen neuen Kühlschrank spart, neue Filme des Treuen und

Verständigen Sklaven an, in denen Familien in Nachahmung Christi oder anderen biblischen Figuren richtige Prioritäten setzen und auf einen zweiten Mercedes verzichten?
– Wie lesen gebildete, philologisch gewandte Russen, die Büchernation, großgezogen mit Puškin als Ein und Alles, den aus dem Amerikanischen übersetzten Wachtturm?
– Nehme ich ab, wenn ich abends keine Kohlenhydrate esse?

144.

Über einen Handmade-Shop bestellte ich sieben Plakate, Nachdrucke sowjetischer Mittel zur Erziehung der Massen, heute sagt man Sensibilisierung. Eins hängte ich über der Couch im Wohnzimmer auf, dort lagen wir abends und tranken Wein, jeden Abend fast, tranken alles aus, was der Herr im Anzug auf dem Plakat stehen ließ, und eins in die Küche, gegenüber dem Kühlschrank, um ruhig das Geschirr zu waschen, vor den Augen des

erstarrten Kommandeurs ungeniert Kuchenteig zu rühren oder einen Cocktail zu machen, Limetten zu schneiden, auszupressen, Minze zu waschen, Eiswürfel aus der Silikonform zu drücken, ein angenehmes Leben. Der Kommandeur litt an unserem egoistischen, genüsslichen Stil, musste stumm zusehen, wenn wir uns freiwillig bereitstellten, vom Kuchen zu probieren.

145.

Platz für Notizen:
Место для записей:

146.

In einem kleinen Koffer im Keller lagern allerhand Zeichnungen, Briefe, erste Texte, Lesungsplakate, Postkarten, ich hole ihn hoch in die Dachgeschosswohnung, setze mich auf den Boden, hole die Papiere heraus, ordne sie wie den Nachlass einer verstorbenen Person. Den Koffer hat mir Opa geschenkt, als ich noch an den Wochenenden nach Hause gefahren bin, ein billiger blauer Koffer, aber bequemer als Tüten und Taschen. Ich möchte sichergehen, dass das, was ich alles gerade mache, in Einklang steht mit dem, was ich als Kind gewollt habe, aber es wird viel schwieriger, denn ich sehe, dass ich ein ganz anderes Kind gewesen bin, als ich es mir wünsche. Da gibt es Bilder, mit Mühe gemacht, die ich geschenkt haben soll, Unterschriften, Ich liebe dich liebe Mama, ausgeschnittene und aufgeklebte Gedichte zum Muttertag, Bleistiftporträts von Vater und Mutter, Gesichter, vom Bruder am Schreibtisch, Rückenansicht, so fröhliche Liebesbeweise, dass ich mich krümme vor Bauchschmerzen und überlege, wie ich das alles nur verkraften soll, wie in mein jetziges Ich einfügen. Ich schäme mich für die Bilder, vielleicht haben sie deshalb so oft gesagt, wie gut ich gewesen sei als Kind und wie unausstehlich später. Da ist ein Tagebuch, mit ein paar ausgefüllten Seiten, mit Kätzchen und rosa Blumen drauf, das Mutter beim Putzen gefunden und Vater gezeigt, was sie in der Küche, beim Törtchenbacken, zum Weinen gebracht und Vater erschüttert hat, beide unendlich enttäuscht, und ich habe zur Musikschule losgemusst, mit der Straßenbahn, habe die Noten auf dem Klavier ausgebreitet und zu weinen begonnen. Dabei ist nichts in dem Heft, was so eine Reaktion, ich habe nicht mal Schimpfwörter gekannt, habe noch keine gelernt damals, selbst wenn ich es gewollt hätte, ich hätte nichts Boshaftes formulieren können. Nach einem Brief suche ich, er ist mir in Erinnerung geblieben, da hat mir ein Mädchen die Freundschaft gekündigt, weil ich mir immer mehr Unzufriedenheit erlaubt habe, mich als schlechter Umgang herausgestellt. Ich finde ihn nicht, vielleicht habe ich ihn weggeworfen, um ihn nicht ständig zu lesen, und die Bilder, das war das Erschreckendste, dass sie keinerlei Beweismaterial sind, keinerlei Prognosen erlauben, das bedeutet also, dass die ganze Wand im Schlafzimmer, die mit Emils Bildern und Geschenken überklebt ist, in keinerlei Zusammenhang dazu steht, ob er mich, ob ich ihn später.

147.

Wir gehen zusammen rein, gehen zum Tiefkühlregal, üben das Öffnen und Schließen, wählen eine Eissorte aus, zwei neunundneunzig, nehmen pro forma eine Konservendose Thunfisch mit, stellen uns in die Schlange, bezahlen an der Kasse. Dann geht Emil wie vereinbart allein wieder rein, ich stehe vor der Tür, warte, immer aufgeregter, warum dauert das so lange, vielleicht erschrickt er sich, wird panisch, kommt zu mir rausgelaufen, aus Versehen sogar mit etwas in der Hand, ohne zu bezahlen, ich stelle mir verschiedene Versionen vor, die schlecht enden, tröstende Worte, Ist doch nicht schlimm, Dafür haben wir es probiert, Komm, wir gehen noch mal zusammen rein. Was für ein Adrenalinkarussell, kommt er oder kommt er nicht, die Tür öffnet sich, ein Mann kommt raus mit einer Papiertüte, eine Frau mit Rollator, als Vorhut, dann keiner, kommt er oder nicht, soll ich nach ihm schauen, und da, da kommt er, strahlendes rundes Gesicht unter rot gestreifter Mütze, vor sich auf den Händen feierlich zwei Familienpackungen Nestlé-Eis, fest in die Faust gedrückt vier Euro und zwei Cent Rückgeld.

148.

Ich möchte meine Melancholie in eine Trauer übergehen lassen, alle ihre Etappen und Stufen nacheinander durchgehen, alles akkurat und sauber und mit zusammengepressten Zähnen, habe neulich auch einen Knirschschutz verschrieben bekommen für die Nacht, also ich will, ich will mich ablösen und das Vakuum mit anderen Objekten füllen, aber nicht als direkten Ersatz, sondern mit einer anderen, lockereren Struktur, aber nicht weniger wichtig dadurch, will meine Eltern wie Verstorbene beweinen, einen symbolischen Grabstein errichten auf dem Balkon, tägliche Rituale durchführen, meinetwegen immer Tee und Obst hinstellen in kleinen Schüsseln und was sie sonst noch gemocht haben, dann jährlich, dann gar nicht mehr, will ihren Geburtstagen ein Todesdatum an die Seite stellen, endlich, ja, Trauer ablegen dann und mich ohne meine Eltern denken, ein Foto von ihnen einrahmen und an die Wand hängen und völlig gleichgültig daran vorbeigehen, nicht unter ihrem Blick zusammenzucken, ich, ja, ich will. Mich plagen Gewissensbisse, ich würde gerne klären, besprechen, wie sehr ich schuld bin daran, dass ich sie nicht mehr anrufe, dass ich ein schlechtes, ja, undankbar vor allem, das mag ich nicht, undankbar zu sein, aber auch, wie ich damit leben kann, wenn ich etwas Falsches sage, oder gar nichts, wenn etwas gesagt werden muss, oder umgekehrt, und ich habe es zum Beispiel nicht geschafft, mein Kind lange genug in mir zu behalten, es bis zum Ende auszutragen, es ist zwei Monate früher zur Welt gekommen, war ich also schuld daran, oder wollte es von sich aus früher aus mir raus, so schnell wie möglich raus, so wenig wie möglich mit mir zu tun haben, oder ist es alles Unfug oder lässt sich die Schuld daran nicht messen, nicht zuordnen. Mir fällt es schwer, mich mit Menschen zu unterhalten, ich vertrage es nicht, in der S-Bahn fremde Körper zu berühren, ich habe Angst, meine Eltern nicht zu Ende töten zu können, Mutter vor allem, sie sieht schwach und zerbrechlich aus, aber es trügt. Es gibt so einen Zustand, wissen Sie, vor dem ich am meisten Angst habe, eigentlich habe ich vor kaum etwas Angst, habe keine Angst zu sterben zum Beispiel, aber so ein Nichtsein, weder Leben noch Tod, eine fremdbestimmte, von außen geleitete, hilflose Existenz, ohne eigene Sphären, also grob gesagt, als ob man die Badezimmertür nicht zuschließen dürfte, von sich nicht glauben dürfte, dass man etwas Besseres sei, ja, lauter nackte geschorene Körper und ein Sein zum Tod, ohne Spuren, ohne Texte, ein lebendiges Begrabenwerden, wissen Sie, wie sehr ich es fürchte. Wenn ich daran denke, wenn ich mir vorstelle, was ich alles nicht zu Ende gebracht habe, wie oft ich irgendwo in der Mitte stehen geblieben bin, wie eine Pflanze vor mich hin gelebt habe, und das Paradoxe daran ist, dass es dafür kein Gefängnis braucht und kein Arbeitslager, das passiert im Banalen, im Vertrauten, es kann jederzeit auftreten. Ich muss dagegen gewappnet bleiben, immer auf der Hut, immer wachsam.

149.

Achte auf die Hautporen, sagt er und guckt aufmerksam und ernst auf meinen Pullover, ich habe immer einen schwarzen Pullover an, den Winter über, ich begann Schwarz zu tragen, nachdem ich nach meinem Studium bemerkt hatte, dass die Welt mich nicht brauchte, studierte Handgriffe ein, um dicke Lidstriche zu entwerfen, die Unterarme zu gravieren, und dann er noch mit seinen Poren. Er lacht. Hast du ein Problem oder was, sage ich, es ist unsere Art miteinander zu sprechen, dieses Hin und Her, wir meinen es gut, wir haben beide ein Problem, sind nicht ganz dicht im Kopf vielleicht oder schizophren oder einfach asozial, ist es denn nicht asozial, was wir da machen, zu zweit immer dasitzen, etwas hin und her sagen, die Gardinen geschlossen lassen, uns unter einer Decke schlafen legen.

150.

Meine ehemalige Stadt ist geblieben, sie ist noch da, unverändert, alles ist fest und greifbar, kann bewiesen werden mit Fotos und Zeugenaussagen und Bahnhofsaushängen, die Holzbänke vor dem Busbahnhof, der schmale Weg durch den Park zum Backsteindom. Ich hatte gedacht, wir wären einander gleichgültig geworden, hätten uns im gegenseitigen Einvernehmen getrennt, es hätte keinen Sinn mehr gehabt mit uns beiden, und je länger ich an einem Ort bleibe, desto aggressiver wird er, wenn ich mich von ihm trennen will. Nicht ich bestimme ihn mehr, er hält mich an den Handgelenken fest und macht Theater und zieht Grimassen und fragt in einer perversen Umkehrung der Machtverhältnisse, ob ich je noch einen anderen, wer würde mich schon brauchen, an einem anderen Ort. Also stelle ich die Koffer ab, gehe zurück, setze mich, überlege langsam und mühsam, woanders sei man klüger und besser als ich, gewiss, ja, brauche man mich denn woanders, wenn ich schon hier nicht wirklich gebraucht werde, ein bisschen schon vielleicht, ob ein bisschen schon nicht mehr sei als möglicherweise gar nicht. Ich steige aus dem Zug, gehe am Busbahnhof vorbei, an den Holzbänken, und laufe der Stadt entgegen, sie läuft mir entgegen, wir beriechen uns gegenseitig an den Ohren, beschnüffeln uns zwischen den Beinen, springen misstrauisch auf und ab, können uns nicht recht erinnern, warum wir eigentlich zusammen waren. Nur ein kleines Detail, ungeschminkt oder in bunter Kleidung oder mit Sonnenbrille, und keiner würde mich wiedererkennen, so anders bin ich jetzt, in den Bewegungen, in der Geschwindigkeit der Gedanken, ich weiß doch, dass ich mich verändert habe, ganz gewiss habe ich das, aber die Stadt nicht, ein paar Billigläden mehr, die Anordnung der Geschäfte im Einkaufszentrum variiert, aber die Leute sind immer noch da, sie gehen mit Kindern und Laufrädern durch die

Straßen, von Spielplatz zu Spielplatz, von der ersten Drogerie in die zweite und wieder zurück (die stehen in harter Konkurrenz zueinander), ich sehe vier, fünf, acht, zwölf, die immer noch leben, an diesem unveränderten Ort, und habe ich mich denn überhaupt verändert, warum ändert meine Veränderung nichts an dem Ort, war ich ihm doch nicht wichtig, es hat sich zu viel nicht verändert, warum gibt es etwas außerhalb meines Selbst, das unveränderlich bleibt.

151.

So wird es sein, in fünf, in zehn Jahren höchstens. Der Bruder auf dem Weg nach Peking, mit der Transsibirischen, mit zwei Wörterbüchern Chinesisch-Deutsch und Chinesisch-Russisch. Die Syrerin besteht die letzte Deutschprüfung, lässt ihr Diplom anerkennen, beginnt ein Praktikum im Dolmetscherbüro. Georgij spart so viel Geld zusammen, dass es für zehn Jahre Medizinstudium reicht. Oma ist bei Opa auf dem Jüdischen Friedhof, ganz wie sie es wollte. Den Schlüssel vom Friedhof, vom Tor haben wieder die Eltern, Vater arbeitet, Mutter kocht, sie wollen nicht altern, sie warten auf die Schlacht von Harmagedon und die Neue Welt. Und ich, ich sitze in einem Häuschen an einem abgelegenen Ort, irgendwo in den Bergen, mit Warmwasser und Wlan natürlich, schreibe ein Manuskript zu Ende und mache mir dann einen schwarzen Darjeeling mit Kardamom.

152.

https://www.jw.org/de/bibliothek/musik-lieder/singt-voller-freude/14-wir-heissen-unseren-koenig-willkommen/?media=sjjc

Lied 14

Wir heißen unseren König willkommen!

(Psalm 2:12)

1. *Aus jedem Land, von jedem Stamm*
ein Volk versammelt werde!
Sie folgen Christus, ihrem Herrn,
und seiner »kleinen Herde«.
Das Königreich bereits regiert.
Wie sehr uns das doch motiviert!
Der Wille Jehovas, bitten wir,
soll geschehn auch auf der Erde.

(REFRAIN)
Ehrt Jehova Gott und seinen Sohn, den König!
Jubelt und singt ihnen dieses Lied!
Freudig sehen wir der Zukunft entgegen.
Herrliches vor uns liegt!

2. *Wir freuen uns, dass Christus*
seinen Thron schon eingenommen.
Den Fürst des Friedens heißen wir
mit Beifall jetzt willkommen.
Das Paradies ist schon zu sehn,
bald werden Angst und Leid vergehn.
Verstorbene werden auferstehn,
unser Glück wird dann vollkommen.

(REFRAIN) […]
(Siehe auch Ps. 2:6; 45:1; Jes. 9:6; Joh. 6:40.)

153.

Artur will mich ärgern, pfeift ein Lied, Ксюша-Ксюша-Ксюша, юбочка из плюша, oh wie ich es hasse, suche Google ab nach einer treffenden Antwort, einem bescheuerten Karaokelied auf seinen Namen, es gibt wohl keins, nur einmal, in der Kategorie »russländischer Musiker« –

Ein gefühlvoller Sänger, dessen Stimme selbst das härteste Herz bewegen kann. In seinem Leben musste der Mann durch Vieles gehen, doch das Schicksal schenkte ihm ein Glück in Form treuer Verehrer und allgemeiner Anerkennung. Leider kann der talentierte Sänger seine bebenden Gefühle und romantischen Erlebnisse nur in seinen Liedern teilen. In seinem Leben gab es eine Frau, die für immer eine Spur hinterließ. Leider dauerte die Liebe nicht lang, aber gerade sie schenkte dem Publikum eben den Artur, den wir alle so lieben lernten.

Und über dem Foto: *Noch ist Artur Rudenko einsam.*

Siehste, sage ich, und dann schauen wir uns mehr Videos an bei Youtube, *Я буду руки твои целовать, Всё для тебя* und andere schreckliche Sachen, die ich kenne von den Fernsehabenden bei Oma und Opa, konservierte Brüste, frikadellenartige Lippen, Ob es so was auch bei Deutschen gebe. Bestimmt, aber nur für Alte, nicht als Massenkultur, haben aber auch keine gute Musik, die keiner kennt außer ihnen, keine nationalen, zensurverbotenen, wiederauferstandenen Rocklegenden. Wer weiß schon, was die Deutschen hören.

Krakeelt ist ein schönes Wort, sage ich. Was bedeutet das, sagt Artur. Ich weiß nicht, sage ich, Aber es ist ein schönes Wort.

Mein Dank gilt

Bertram Reinecke, Christoph Georg Rohrbach, Dirk Uwe Hansen, Matthias Friedrich, Ruslan Kozakov, Tobias Reußwig, die den Text von Anfang an begleitet haben, Fabian Widerna, der unermüdlich neue Fassungen gelesen hat, sowie Christine Koschmieder und Laura Jacobi, die dem Text zum Buch verhalfen.

zurückgeben
STIFTUNG ZUR FÖRDERUNG
JÜDISCHER FRAUEN
IN KUNST & WISSENSCHAFT

Wir wollen unnötigen Plastikmüll vermeiden.
Dieses Buch ist nicht in Folie eingeschweißt.

Frenzel, Jacobi & Reinthaler OHG | Erlangen
www.homunculus-verlag.de

2. Auflage

Druck und Bindung: STOGA Print & Paper, Poland
Schrift für Mengensatz: Garamond Pro
Umschlaggestaltung & Bildbearbeitung: Florian L. Arnold, florianarnold.de
Korrektorat: Amy Wittenberg
Foto (S. 2): Ammy Berent
Abbildung S. 162: Dmitri Stachijewitsch Orlow (1883–1946)

ISBN 978-3-946120-94-0